『更級《さらしな》日記』の作者、菅原孝標《すがわらのたかすえ》の娘が憧《あこが》れていた『源氏物語』の浮舟《うきふね》（右上）。

「源氏物語絵巻」東屋（一）（徳川美術館蔵）

物語に憧れて少女時代を過ごした孝標《たかすえ》の娘も、やがて石山寺などに熱心に参籠《さんろう》することになる。参籠する女の夢に現れた石山寺の観世音菩薩《かんぜおんぼさつ》。

「石山寺縁起絵巻」(石山寺蔵)

ビギナーズ・クラシックス　日本の古典

更級日記

菅原孝標女
川村裕子＝編

角川文庫
14659

◆はじめに◆

あなたは、小さいころの夢をおぼえていますか？

小さいころの夢を実現できた人は、きっと少ないですよね。でも、心のどこかに夢は残っているはず……。

この作品は、そんな見果てぬ夢と現実の狭間《はざま》で揺れながらも、平凡な一生を送った、王朝女性の自分史なのです。

夢は実現できなかったけれど、彼女は夢と現実の間で漂《ただよ》い続ける「自分」をしっかりと、目を逸《そ》らさずに書きました。つまらない人生かもしれない、ありきたりな人生かもしれない。でも、そこには、彼女だけしか書けない思い出が、たくさん詰《つ》まっているのです。宝石のようにキラキラ光っている思い出が……。

本書は、はじめて『更級日記《さらしなにっき》』に触れてみようとする方のための入門書です。まず「現代語訳」では、段の内容を現代語に翻案してありますので、そこでだいたいのムードをつかみ、次に、日本語の美しいリズムを「原文❖」で味わってみて下さい。なお、「現代語訳」と「原文」には、声に出して読めるように全部振り仮名を付けてあります。また「寸評✻」ではそれぞれの段についてコメントを少し付け加えました。

さあ、あなたも王朝女性の「宝石箱」、笑顔も涙もきらめいている「宝石箱」を開けてみませんか。

平成十九年二月

川村　裕子

※原文は、角川ソフィア文庫『更級日記　現代語訳付き』によりますが、一部表記を改めたところがあります。

◆目　次◆

※段数は角川ソフィア文庫本によります。ただし、
段の一部を採った箇所もあります。

付録《ふろく》

コラム　目次

イラスト／須貝稔・杉本綾

◆どうしても物語《ものがたり》が読《よ》みたい！〈一段―①〉

東海道《とうかいどう》の果《は》て、常陸《ひたち》の国《くに》（茨城県《いばらきけん》）よりも、もっとずっと奥《おく》の方《ほう》（上総《かずさ》の国《くに》、千葉県中央部《ちばけんちゅうおうぶ》）で育《そだ》った人《ひと》（孝標《たかすえ》の娘《むすめ》）は、どんなにか野暮《やぼ》ったい感《かん》じだったでしょう。それなのに、なんでそんなことを思《おも》い始《はじ》めたのか、「世《よ》の中《なか》には物語《ものがたり》というものがあるそうだけど、どうにかしてそれを読《よ》んでみたいわ」と、思《おも》い続《つづ》けるようになりました。

そして、することのない昼間《ひるま》や、皆《みな》が起《お》きている夜分《やぶん》などに、姉《あね》や継母《ままはは》といった人々《ひとびと》が、その物語《ものがたり》やあの物語《ものがたり》、また光源氏様《ひかるげんじさま》の様子《ようす》などをところどころ話《はな》しているのを聞《き》くと、ますます読《よ》みたくて読《よ》みたくてたまらなくなるのです。

でも、大人《おとな》たちが、私《わたし》が望《のぞ》むように暗記《あんき》して物語《ものがたり》をすらすらと語《かた》ることなどできるでしょうか。そんなことが、できるはずはありません。

❖あづま路の道《みち》の果《は》てよりも、なほ奥《おく》つ方《かた》に生《お》ひ出《い》でたる人《ひと》、いかばかりかはあやしかりけむを、いかに思《おも》ひ始《はじ》めけることにか、「世《よ》の中《なか》に物語《ものがたり》といふもののあんなるを、いかで見《み》ばや」と思《おも》ひつつ、つれづれなる昼間《ひるま》宵居《よひゐ》などに、姉《あね》、継母《ままはは》などやうの人々《ひとびと》の、その物語《ものがたり》かの物語《ものがたり》、光源氏《ひかるげんじ》のあるやうなど、ところどころ語《かた》るを聞《き》くに、いとどゆかしさまされど、わが思《おも》ふままに、そらにいかでかおぼえ語《かた》らむ。

✻上総《かずさ》の国（千葉県中央部）で、孝標《たかすえ》の娘は、十歳ぐらいから十三歳まで過ごしていました。上総は、父親の赴任《ふにん》先。そこは、都から遠く離れた所。物語に興味を持っている彼女は、姉や継母《ままはは》が物語の話をしているのを聞いて、ますます物語というものを読みたくて読みたくてたまらなくなるのです。

「光源氏《ひかるげんじ》」というのは、『源氏物語《げんじ》』の主人公。『源氏物語』は、絢爛豪華《けんらんごうか》で、あでやかな物語。この華やかで美しい世界に、少女だった彼女はどんどん惹《ひ》かれていくのでした。

ところで、冒頭の所、なぜ「常陸《ひたち》の国」（茨城県）が「東海道の果て（終着点）」になるのでしょうか。それは、「東路《あづまぢ》の道の果てなる常陸帯《ひたちおび》のかごとばかりもあひ見てしがな」（東海道の終着点にあたる常陸の国。その常陸帯の「かこ」〈帯を留める金具〉ではないけれど、ほんのちょっとでもあなたに逢《あ》いたくてたまらない〈『古今和歌六帖《こきんわかろくじょう》』〉という歌がもとになっているからなのです。

でも、ここでは地理的な位置がちょっと変。都（京都）から見て、「上総《かずさ》の国」（千葉県中央部）が、「常陸《ひたち》の国」（茨城県）よりも「奥」と書かれているのです。その理由としては、彼女が憧《あこが》れていた『源氏《げんじ》物語』の浮舟《うきふね》という女性が成長した所が常陸なので、浮舟に自分を託して意識的に変えたのだ、といわれています。浮舟は彼女の理想像。心のなかのヒロインに近づきたい、という思いは何となくわかるような気がしますね（コラム参照）。

さてさて、この後、彼女は、憧れの物語を読むことができたのでしょうか。

★憧《あこが》れのヒロイン――浮舟《うきふね》――

浮舟《うきふね》は、『源氏物語』の「宇治十帖《うじじゅうじょう》」（最後の十帖）に出てくる女性。浮舟の母は宇治《うじ》の八宮《はちのみや》がまだ都にいたころ八宮との間に浮舟をもうけましたが、捨てられ、別の男性と結婚。その夫が、常陸《ひたち》の介《すけ》（常陸は茨城県、介は地方官の次官《じかん》）となり

浮舟《うきふね》と匂宮《におうみや》
（『源氏物語絵扇面散屏風　浮舟』 浄土寺蔵）

ました。だから、浮舟が成長した場所は、常陸《ひたち》なのです。
その後、浮舟は、都の貴公子、薫《かおる》に見そめられ、宇治でひそやかに暮らすこととなりました。ところがところが、薫の友人匂宮《におうみや》がこっそりと忍び込み、なんと浮舟と関係を持ってしまうのです。浮舟は薫と匂宮、二人の男性の間で板挟《いたばさ》みとなり、苦しみ続けます。そして、ついに宇治川に身を投げようと決意。でも、森のような場所で見つけられ、最後はすべてを拒絶し、仏門に入ってしまうのでした。「地方から出てきて、都で玉の輿《こし》に乗りました！」といったサクセス・ストーリーではなく、舟のように漂《ただよ》う薄幸《はっこう》な人生を送った浮舟《うきふね》。孝標《たかすえ》の娘は、『源氏物語』のなかの女性で、この美しくもはかなげな浮舟が大好きでした。

◆薬師仏様《やくしぼとけさま》、さようなら……〈一段―②〉

じれったくて仕方《しかた》ないので、自分《じぶん》の身長《しんちょう》と同《おな》じ大《おお》きさの薬師仏様《やくしぼとけさま》を造《つく》り、手《て》を洗《あら》ってお清《きよ》めなどして、人《ひと》が見《み》ていないすきにそっと仏様《ほとけさま》の部屋《へや》に入《はい》り、「都《みやこ》（京都《きょうと》）にはやく私《わたし》を行《い》かせて、そしてたくさんあるという物語《ものがたり》

薬師如来立像（神護寺蔵）

をあるだけ全部《ぜんぶ》お見《み》せ下《くだ》さいませ」と必死《ひっし》に額《ひたい》を床《ゆか》に擦《す》りつけてお祈《いの》り申《もう》し上《あ》げていたのでした。そして、十三歳《じゅうさんさい》になった年《とし》に、とうとう上京《じょうきょう》することになったのです。九月三日《くがつみっか》に門出《かどで》（旅《たび》に出《で》る前《まえ》に他所《よそ》に移《うつ》ること）をして、「いまたち」（千葉県市原市《ちばけんいちはらし》）という所《ところ》に移動《いどう》しました。

ここ数年遊《すうねんあそ》びなれてきた部屋《へや》を、中《なか》がまる見《み》えになってしまうほど、家具《かぐ》などをすっかり取《と》り払《はら》い、皆《みな》が荷造《にづく》りで大騒《おおさわ》ぎしています。そのうちに太陽《たいよう》が沈《しず》み、ひどく恐《こわ》いくらいに霧《きり》がまわりに立《た》ちこめるころ、車《くるま》に乗《の》ろうとしてふっと自分《じぶん》の家《いえ》を振《ふ》り返《かえ》って見《み》ました。すると、今《いま》まで人《ひと》がいない時《とき》に、こっそりとお参《まい》りして礼拝《らいはい》を繰《く》り返《かえ》したあの薬師仏様《やくしぼとけさま》が、深《ふか》い霧《きり》の中《なか》で、一人《ひとり》ポツンと立《た》っていらっしゃったのです。この薬師仏様《やくしぼとけさま》をお見《み》捨《す》てするのがつらくて悲《かな》しくて、私《わたし》は、一人《ひとり》でこっそり泣《な》いてしまうのでした。

❖いみじく心《こころ》もとなきままに、等身《とうしん》に薬師仏《やくしぼとけ》を造《つく》りて、手洗《てあら》ひなどして、人《ひと》まにみそかに入《い》りつつ、「京《きやう》にとく上《あ》げたまひて、物語《ものがたり》の多《おほ》くさぶらふなる、あるかぎり見《み》せたまへ」と、身《み》を捨《す》てて額《ぬか》をつき祈《いの》り申《まう》すほどに、十三《とをあまりみつ》になる年《とし》、上《のぼ》らむとて、九月三日《ながつきみか》門出《かどで》して、「いまたち」といふ所《ところ》にうつる。

年《とし》ごろ遊《あそ》び馴《な》れつる所《ところ》を、あらはにこほち散《ち》らして、たち騒《さわ》ぎて、日《ひ》の入《い》り際《ぎは》のいとすごく霧《き》りわたりたるに、車《くるま》に乗《の》るとてうち見《み》やりたれば、人《ひと》まには参《まゐ》りつつ額《ぬか》をつきし薬師仏《やくしぼとけ》の立《た》ちたまへるを、見捨《みす》てたてまつる悲《かな》しくて、人知《ひとし》れずうち泣《な》かれぬ。

✻孝標《たかすえ》の娘は薬師仏《やくしぼとけ》様を造り、「都に行って物語を読めますように」とこっそりと頼んでいます。薬師仏様は病気を治したり、願い事を叶《かな》えてくれたりする仏様。当時願い事があると仏様を自分の身長と同じ寸法にして造ったのです。父親の任期（四年）が過ぎて、とうとう彼女は、念願叶《かな》って上総《かずさ》の国（千葉県中央部）から、都に行くことになりました。きっと、薬師仏様が願いを聞いてくれたのですね。

「門出《かどで》」というのは、旅の出発のことですが、多くは、家から直接目的地に行かないで、いったん他所《よそ》に移る風習がありました。吉日《きちじつ》（お日柄のよい日）や吉方《きっぽう》（よい方角）を選んで別の所に移動し、その後本格的な旅行が始まったのです。出発の時、今まで一生懸命《いっしょうけんめい》に拝んだ薬師仏《やくしぼとけ》様が、ガラガラになった家に、霧に包まれてポツンと一人取り残されています。彼女は置き去りにされるかわいそうな薬師仏様の姿を見て、涙がとまらなくなってしまうのでした。

◆ボロ屋《や》と風景《ふうけい》〈二段〉

門出《かどで》のために移動《いどう》した所《ところ》は、垣根《かきね》とか塀《へい》もなくて、間《ま》に合《あ》わせ程度《ていど》の茅《かや》葺《ぶ》きの家《いえ》で、蔀《しとみ》（雨戸《あまど》）なんかもありません。ただ、簾《すだれ》を掛《か》け、幕《まく》などが引《ひ》いてあるだけです。南《みなみ》は、はるばると遠《とお》い野原《のはら》の果《は》てまで視界《しかい》がひらけています。東西《とうざい》は海《うみ》が近《ちか》くて、実《じつ》に景色《けしき》がみごとです。

夕霧《ゆうぎり》が一面《いちめん》をおおってひろがり、本当《ほんとう》にすばらしい風景《ふうけい》なので、翌朝《よくちょう》は朝寝坊《あさねぼう》などもしないで、あちこち眺《なが》め続《つづ》け、ここを立《た》ち去《さ》ってしまうことがせつなくて、悲《かな》しくてなりませんでした。

それでも、その月《つき》（九月《くがつ》）の十五日《じゅうごにち》、あたりが暗《くら》くなるほどのどしゃぶりのなかを、国境《こっきょう》を越《こ》えて下総《しもうさ》（千葉県北部《ちばけんほくぶ》と茨城県《いばらきけん》の一部《いちぶ》）に入《はい》り、その夜《よる》は「いかだ」（千葉郡池田《ちばぐんいけだ》）という所《ところ》に泊《と》まりました。ぼろぼろな仮小《かりご》屋《や》など浮《う》いてしまいそうなほど、雨《あめ》がすさまじく降《ふ》り続《つづ》けるので、恐《こわ》くて恐《こわ》くて眠《ねむ》ることもできません。
野《の》のなかに丘《おか》のような所《ところ》があって、そこにはただ木《き》が三本《さんぼん》だけ立《た》っています。その日《ひ》は雨《あめ》に濡《ぬ》れてしまった様々《さまざま》な物《もの》を干《ほ》したりして、後《あと》から国《くに》を出発《しゅっぱつ》した人《ひと》たちを待《ま》つために、そこで一日《いちにち》を過《す》ごしました。

❖門出《かどで》したる所《ところ》は、めぐりなどもなくて、かりそめの茅屋《かやや》の、蔀《しとみ》などもなし。簾《すだれ》かけ、幕《まく》など引《ひ》きたり。南《みなみ》ははるかに野《の》の方見《かたみ》やらる。東西《ひむがしにし》は海近《うみちか》くていとおもしろし。夕霧《ゆふぎり》たちわたりていみじうをかしければ、朝寝《あさい》などもせず、かたがた見《み》つつ、ここを立《た》ちなむこともあはれに悲《かな》しきに、同《おな》じ月《つき》の十五日《とをかあまりいつか》、雨《あめ》かきくらし降《ふ》るに、境《さかひ》を出《い》でて、下総《しもつさ》の国《くに》の「いかだ」といふ所《ところ》にとまりぬ。庵《いほ》なども浮《う》きぬばかり

蔀《しとみ》（『年中行事絵巻』）

に雨降《あめふ》りなどすれば、おそろしくて寝《い》も寝《ね》られず。野中《のなか》に丘《をか》だちたる所《ところ》に、ただ木《き》ぞ三《み》つ立《た》てる。その日《ひ》は雨《あめ》に濡《ぬ》れたる物《もの》ども干《ほ》し、国《くに》に立《た》ちおくれたる人々《ひとびとま》待つとて、そこに日《ひ》を暮《く》らしつ。

✽何だか、ここの「門出《かどで》の場所」（「いまたち」）はずいぶんガタガタ。垣根や塀《へい》もなく、蔀《しとみ》（雨戸）もありません。外と内側の境目があまりないようです。ただ、その逆に景色は、とびきりすばらしかったのです。

当時の女性は外に出るような生活パターンではなく、じっと家に閉じこもっていました。だから、旅行に行って外を見たりすると、びっくりしたり、うっとりしたり、感動の連続。『更級日記』では、このようなすてきな風景がたくさん出てきます。

たとえば、ここでも「いかだ」の景色で、「ただ木が三本だけ立っています」と書かれていますね。「木があまり立っていませんでした」とか「木が少ないのでした」と書かれていないところがポイント。「三」という数字がいかにもさびしげな丘の上の様子をビジュアルに伝えています。

◆カラフルな海岸《かいがん》——黒戸《くろと》の浜《はま》——〈三段〉

その夜《よる》は「黒戸《くろと》の浜《はま》」（千葉市《ちばし》の海岸《かいがん》）という所《ところ》に泊《と》まります。そこは、片側《かたがわ》が広々《ひろびろ》とした砂丘《さきゅう》になっている所《ところ》で、砂《すな》がはるか遠《とお》くまで白《しろ》く続《つづ》いています。彼方《かなた》には松原《まつばら》が茂《しげ》り、そのうえ月《つき》があたりをとても明《あか》るく照《て》らし出《だ》し、風《かぜ》の音《おと》もしんみりと心細《こころぼそ》く聞《き》こえます。人々《ひとびと》はこの風景《ふうけい》に心《こころ》を動《うご》かされて歌《うた》を詠《よ》んだりするので、私《わたし》も、「今晩《こんばん》は決《けっ》して、うとうとまどろんだりしません。今宵《こよい》を逃《のが》したら、いったい、いつ見《み》ることができるでしょう。こんなに美《うつく》しい黒戸《くろと》の浜《はま》の秋《あき》の夜《よる》の月《つき》を」と詠《よ》みました。

❖その夜《よ》は、「くろとの浜《はま》」といふ所《ところ》にとまる。片《かた》つ方《かた》はひろ山《やま》なる所《ところ》の、砂子《すなご》は

るばると白《しろ》きに、松原茂《まつばらしげ》りて、月《つき》いみじう明《あ》かきに、風《かぜ》の音《おと》もいみじう心《こころ》ぼそし。
人々《ひとびと》をかしがりて歌《うた》よみなどするに、
まどろまじ今宵《こよひ》ならではいつか見《み》むくろとの浜《はま》の秋《あき》の夜《よ》の月《つき》

✽「いかだ」を出発して、黒戸《くろと》の浜（千葉市の登戸《のぶと》～稲毛《いなげ》の間の海岸）に着きました。

そこは、カラフルできれい。砂が「白」く続き、「緑」の松原が広がり、そこに「赤」い月が照り映える「黒戸の浜」。白、緑、赤の色彩が「黒戸の浜」を包んでいます。

この海辺の姿は、カラー・ショットのように彼女の心の中に焼き付いたことでしょう。

彼女は、忘れられない、そして二度と見ることができない、この月を歌に詠んだのでした。

◆乳母《めのと》との悲《かな》しいお別《わか》れ〈四段〉

私《わたし》の乳母《めのと》にあたる人《ひと》は、夫《おっと》などにも先立《さきだ》たれ、この国境《くにざかい》(下総《しもうさ》の国《くに》と武蔵《むさし》の国《くに》の境《さかい》「まつさと」、千葉県松戸市《ちばけんまつどし》)で出産《しゅっさん》したので、私《わたし》たちとは離《はな》れて、後《あと》から上京《じょうきょう》することになりました。私《わたし》はその乳母《めのと》が恋《こい》しくてたまらず、お見舞《みま》いに行《い》きたいと思《おも》っていると、兄《あに》にあたる人《ひと》が私《わたし》を抱《だ》いて馬《うま》に乗《の》せて連《つ》れて行《い》ってくれたのです。

皆《みな》は自分《じぶん》たちの居《い》る小屋《こや》を、間《ま》に合《あ》わせの仮小屋《かりごや》、などと言《い》っているけれど、風《かぜ》が吹《ふ》き込《こ》まないようにちゃんと幕《まく》などを引《ひ》きめぐらしてあります。それなのに、この乳母《めのと》の宿《やど》ときたら、夫《おっと》などもいないせいか、ひどく手抜《てぬ》きをした粗末《そまつ》なもので、屋根《やね》も苫《とま》(茅《かや》や菅《すげ》を編《あ》んだもの)というもので一重《ひとえ》におおっているだけ。その屋根《やね》から、月《つき》の光《ひかり》が残《のこ》りなく家《いえ》の中《なか》に射《さ》しこみ、乳母《めのと》は、紅《くれない》の衣《ころも》を上《うえ》に掛《か》け、つらそうに横《よこ》になっていました。月《つき》の光《ひかり》

横たわる女性（『紫式部日記絵巻』）

に照《て》らされているその姿《すがた》は、乳母《めのと》という身分《みぶん》の者《もの》にしては、不釣《ふつ》り合《あ》いなほどとても白《しろ》くて美《うつく》しいのです。

乳母《めのと》は私《わたし》のお見舞《みま》いを珍《めずら》しいと思《おも》ってくれて、私《わたし》の髪《かみ》を何度《なんど》も何《なん》度《ど》もかき撫《な》でながら泣《な》いているのでした。それを見《み》ている私《わたし》は、悲《かな》しさで胸《むね》が詰《つ》まり、このまま乳母《めのと》を放《ほう》って戻《もど》ることができないような気持《きも》ちです。それなのに兄《あに》に急《いそ》いで連《つ》れて行《い》かれてしまうのは、名残惜《なごりお》しく、なんともやりきれない気分《きぶん》です。自分《じぶん》の小屋《こや》に戻《もど》ってからも、乳母《めのと》の姿《すがた》が目《め》の前《まえ》にちらついて悲《かな》しくなり、月《つき》のおもしろさなんかも感《かん》じられず、がっくりして寝《ね》てしまいました。

❖乳母《めのと》なる人《ひと》は、男《をとこ》なども亡《な》くなして、境《さかひ》にて子生《こう》みたりしかば、離《はな》れて別《べち》に上《のぼ》る。いと恋《こひ》しければ、行《ゆ》かまほしく思《おも》ふに、せうとなる人《ひと》いだきて率《ゐ》て行《ゆ》きたり。みな人《ひと》はかりそめの仮屋《かりや》などいへど、風《かぜ》すくまじく、引《ひ》きわたしなどしたるに、これは、男《をとこ》なども添《そ》はねば、いと手放《てはな》ちにあらあらしげにて、苫《とま》といふものを一重《ひとへ》うち葺《ふ》きたれば、月残《つきのこ》りなくさし入《い》りたるに、紅《くれなゐ》の衣上《きぬうへ》に着《き》て、うちなやみて臥《ふ》したる月《つき》かげ、さやうの人《ひと》にはこよなくすぎて、いと白《しろ》く清《きよ》げにて、めづらしと思《おも》ひてかきなでつつうち泣《な》くを、いとあはれに見捨《みす》てがたく思《おも》へど、いそぎ率《ゐ》て行《ゆ》かる心地《ここち》、いとあかずわりなし。おもかげにおぼえて悲《かな》しければ、月《つき》の興《きよう》もおぼえず、くんじ臥《ふ》しぬ。

✿ここでは乳母《めのと》との悲しいお別れが書かれています。この時代は、乳母という乳を与える女性が、実母とは別にいました。乳母は、単に乳を与えるだけではなく、その子の世話をしたり教育をしたりする役割もあったのです。だから、実の親よりも乳母とその子は、強い愛情と信頼で結びついていました。

孝標《たかすえ》の娘をかわいがってくれた乳母は、出産をしたので、一緒に旅に行くことができなくなってしまいました。彼女は、お兄さんに恋しい乳母のお見舞いに連れて行ってもらいます。

月の光に照らされた乳母は、白い顔をして悲しいほど美しく横たわっていました。そして、お見舞いに来た孝標《たかすえ》の娘の髪を何度も何度も撫《な》でては泣いていたのです。旅の途中の、たまらなく悲しいお別れ……。

◆ハードボイルドな恋《こい》――竹芝伝説《たけしばでんせつ》――〈五段―①〉

もう武蔵《むさし》の国《くに》（東京都《とうきょうと》・埼玉県《さいたまけん》・神奈川県《かながわけん》の一部《いちぶ》）になってしまいました。まるで泥《どろ》みたい。また、紫草《むらさきぐさ》が生《は》えていると聞《き》いていた武蔵野《むさしの》も、ただ蘆《あし》や荻《おぎ》（イネ科《か》）ばかりが高《たか》く茂《しげ》り、馬《うま》に乗《の》った人《ひと》の持《も》つ弓《ゆみ》の先端《せんたん》が、隠《かく》れてしまうほど空高《そらたか》く茂《しげ》っているのです。その中《なか》を分《わ》けながら進《すす》んで行《い》くと、竹芝《たけしば》というお寺《てら》（東京都港区三田《とうきょうとみなとくみた》の済海寺《さいかいじ》か）があります。ずっと遠《とお》くには、「ははさう」などという所《ところ》の建物《たてもの》の跡《あと》の礎《そ》石《せき》なども残《のこ》っています。

特《とく》におもしろい景《け》色《しき》も見《み》えません。浜《はま》も砂《すな》が白《しろ》いわけでもなく、

「ここはどのような所《ところ》ですか」と聞《き》くと「ここは昔《むかし》、竹芝《たけしば》といった坂《さか》なんです。そのころ、この国《くに》に住《す》んでいた男《おとこ》を、火《ひ》焚《た》き屋《や》の火《ひ》（篝火《かがりび》）を焚《た》く番人《ばんにん》として国司《こくし》（地方官《ちほうかん》）が任命《にんめい》して、朝廷《ちょうてい》に差《さ》し出《だ》したのでした。

ある日《ひ》のこと、男《おとこ》が御殿《ごてん》の前《まえ》の庭《にわ》を掃《は》きながら『なんでこんなにつらい

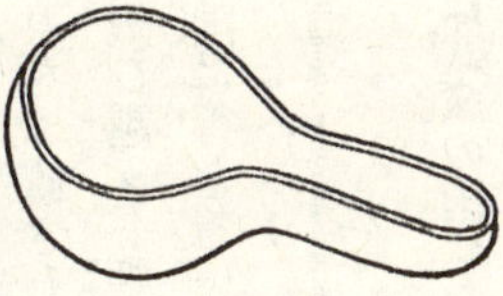
直柄《ひたえ》の瓢《ひさご》

目《め》に遭《あ》うのだろう。私《わたし》の故郷《こきょう》には酒《さけ》を仕込《しこ》んだ酒壺《さかつぼ》があちらこちらにたくさん置《お》いてあり（「七《なな》つ三《み》つ」は数《かず》が多《おお》いこと）、壺《つぼ》の上《うえ》に差《さ》し掛《か》けて浮《う》かんでいる、瓢《ひょう》簞《たん》でできた直柄《ひたえ》（瓢簞《ひょうたん》の細《ほそ》い部分《ぶぶん》が柄《え》となる）の柄杓《ひしゃく》が、南風《みなみかぜ》が吹《ふ》くと北《きた》になびき、北風《きたかぜ》が吹《ふ》くと南《みなみ》になびき、西風《にしかぜ》が吹《ふ》くと東《ひがし》になびき、東風《ひがしかぜ》が吹《ふ》くと西《にし》になびく、そんなのんびりした風景《ふうけい》なのに。それも見《み》ないで、こんなつらい勤《つと》めを毎《まい》日《にち》してるなんて……。まいったなあ』とぶつぶつ、つぶやいていました。

ちょうどその時《とき》、帝《みかど》のお嬢様《じょうさま》で、とても大切《たいせつ》に育《そだ》てられている姫君《ひめぎみ》が、たった一人《ひとり》で御簾《みす》（ブラインド）の端《はし》の所《ところ》まで出《で》ていらして、柱《はしら》に寄《よ》りかかって、庭《にわ》をごらんになっていました。男《おとこ》がこんなふうに独《ひと》り言《ごと》を言《い》っているのを聞《き》いて、とても心《こころ》を動《うご》かされ、『いったいどんな柄杓《ひしゃく》が、どういうふうになびくのかしら』とひどく興味《きょうみ》をお持《も》ちになりました。そして、御簾《みす》をあげて『その男《おとこ》の人《ひと》、こちらに来《き》なさい』とお呼《よ》びになったのです。

男《おとこ》は、恐《おそ》る恐《おそ》る欄干《らんかん》（手《て》すり）のそばに参上《さんじょう》すると、『そなたが今言《いまい》ったこと、もう一度《いちど》私《わたし》に言《い》って聞《き》かせておくれ』とおっしゃるので、酒壺《さかつぼ》のことを再《ふたた》び申《もう》し上《あ》げます。すると姫君《ひめぎみ》は、『私《わたし》を連《つ》れて行《い》って見《み》せておくれ。そのように頼《たの》むのは、わけがあるのです』とお頼《たの》みになるのです。男《おとこ》は、ひどく畏《おそ》れ多《おお》いと思《おも》いましたが、前世《ぜんせ》からの因縁《いんねん》だったのでしょうか、姫君《ひめぎみ》を背負《せお》い申《もう》して、そのまま武蔵《むさし》の国《くに》に下《くだ》って行《い》きました。もちろん追《お》っ手《て》が来《く》ることを予想《よそう》して、その夜《よる》は瀬田《せた》の橋《はし》（滋賀県大津市《しがけんおおつし》）のもとに姫君《ひめぎみ》をお置《お》きして、自分《じぶん》は瀬田《せた》の橋《はし》を一間《いっけん》（柱《はしら》と柱《はしら》の間《あいだ》）ほど壊《こわ》し、それを飛《と》び越《こ》え、姫君《ひめぎみ》を背負《せお》い申《もう》し上《あ》げて、七日七夜《なのかななよ》かかって、とうとう武蔵《むさし》の国《くに》に行《い》き着《つ》いたのでした。

❖今《いま》は武蔵《むさし》の国《くに》になりぬ。ことにをかしき所《ところ》も見《み》えず。浜《はま》も砂子《すなご》白《しろ》くなどもなく、

こひぢのやうにて、むらさき生《お》ふと聞《き》く野《の》も、蘆荻《あしをぎ》のみ高《たか》く生《お》ひて、馬《むま》に乗《の》りて弓持《ゆみも》たる末見《すゑみ》えぬまで高《たか》く生《お》ひ茂《しげ》りて、中《なか》をわけ行《ゆ》くに、竹芝《たけしば》といふ寺《てら》あり。はるかに、「ははさう」などいふ所《ところ》のらうの跡《あと》の礎《いしずゑ》などあり。

「いかなる所《ところ》ぞ」と問《と》へば、「これはいにしへ、竹芝《たけしば》といふさかなり。国《くに》の人《ひと》のありけるを、火《ひ》たき屋《や》の火《ひ》たく衛士《ゑじ》にさしたてまつりたりけるに、御前《おまへ》の庭《には》を掃《は》くとて、『などや苦《くる》しきめを見《み》るらむ。わが国《くに》に七《なな》つ三《み》つつくり据《す》ゑたる酒壺《さかつぼ》に、さし渡《わた》したる直柄《ひたえ》の瓢《ひさご》の、南《みなみ》風吹《かぜふ》けば北《きた》になびき、北風吹《きたかぜふ》けば南《みなみ》になびき、西吹《にしふ》けば東《ひがし》になびき、東吹《ひがしふ》けば西《にし》になびくを見《み》で、かくてあるよ』と、ひとりごちつぶやきけるを、その時《とき》、みかどの御《おほん》むすめ、いみじうかしづかれたまふ、ただひとり御簾《みす》の際《きは》に立《た》ち出《い》でたまひて、柱《はしら》に寄《よ》りかかりて御覧《ごらん》ずるに、このをのこの、かくひとりごつを、いとあはれに、『いかなる瓢《ひさご》のいかになびくならむ』と、いみじうゆかしくおぼされければ、御簾《みす》

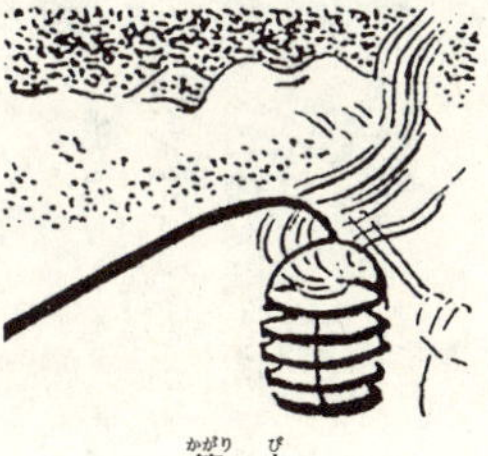

篝《かがり》火《び》

を押《お》し上《あ》げて、『あのをのこ、こち寄《よ》れ』と召《め》しければ、かしこまりて高欄《かうらん》のつらに参《まゐ》りたりければ、『言《い》ひつること、いま一返《ひとかへ》りわれに言《い》ひて聞《き》かせよ』と仰《おほ》せられければ、酒壺《さかつぼ》のことをいま一返《ひとかへ》り申《まう》しければ、『われ率《ゐ》て行《ゆ》きて見《み》せよ。さ言《い》ふやうあり』と仰《おほ》せられければ、かしこくおそろしと思《おも》ひけれど、さるべきにやありけむ、負《お》ひたてまつりて下《くだ》るに、ろんなく人追《ひとお》ひて来《く》らむと思《おも》ひて、その夜《よ》、瀬田《せた》の橋《はし》のもとに、この宮《みや》を据《す》ゑたてまつりて、瀬田《せた》の橋《はし》を一間《ひとま》ばかりこほちて、それを飛《と》び越《こ》えて、この宮《みや》をかき負《お》ひたてまつりて、七日七夜《なぬかななよ》といふに、武蔵《むさし》の国《くに》に行《ゆ》き着《つ》きにけり。

✻武蔵《むさし》の国（東京都・埼玉県・神奈川県の一部）は景色そのものはあまりおもしろくありませんでした。でも、彼女は、ここでロマンチックな竹芝《たけしば》伝説を聞くことができたのです。物語好きの彼女は、さぞ目をキラキラと輝かせながら、このお話を聞いたことでしょう。

それは、毎日つらい勤めをしている火の番人と高貴な姫君との恋物語。

都でのハード・ワークに疲れた男性が、故郷の酒壺に浮かんだ「瓢箪《ひょうたん》でできた直柄《ひたえ》の柄杓《ひしゃく》」を思い出します。瓢箪を二つに割ったものですから、軽いのですね。だから、風になびきます。のんびりした故郷の様子を、彼は、つい独り言でつぶやいてしまいました。これを聞いた姫君は番人の住む国に行ってみたくなり、自分の方から頼み込みます。彼は姫君を背負って、飛ぶように故郷武蔵の国に連れて行きました。

姫君を背負って、普通だったら十五日かかるところを七日で武蔵の国まで走り抜け、また追っ手を追い払うために橋を壊《こわ》して自分たちだけ飛び越え、まるでハードボイルドタッチの映画のよう。

◆積極的《せっきょくてき》な姫君《ひめぎみ》――竹芝伝説《たけしばでんせつ》――〈五段―②〉

都《みやこ》では、帝《みかど》と后《きさき》とが、姫君《ひめぎみ》が行方《ゆくえ》不明《ふめい》になられた、とびっくりなさってあっちこっち探《さが》していらっしゃいました。すると『武蔵《むさし》の国《くに》の衛士《えじ》（宮《きゅう》中警備役《ちゅうけいびやく》）の男《おとこ》が、なんだかとてもよい香《かお》りがするものを首《くび》に引《ひ》っかけて、飛《と》ぶように逃《に》げて行《い》きました』と申《もう》し出《で》た者《もの》がありました。それで、この衛士《えじ》の男《おとこ》を探《さが》してみると、やはり彼《かれ》の姿《すがた》は影《かげ》も形《かたち》もありません。きっと故郷《こきょう》の武蔵《むさし》の国《くに》に行《い》くに違《ちが》いない、と朝廷《ちょうてい》から使《つか》いが任命《にんめい》されて追《お》いかけたのですが、瀬田《せた》の橋《はし》がこわれていて、渡《わた》ることができません。使《つか》いは三《さん》か月《げつ》もかかって、ようやっと武蔵《むさし》の国《くに》に到着《とうちゃく》。この男《おとこ》を見《み》つけ出《だ》します。すると、姫君《ひめぎみ》の方《ほう》がこの使《つか》いをお呼《よ》び寄《よ》せになって、『私《わたし》はこうなるような運命《うんめい》だったのでしょうか、この男《おとこ》の家《いえ》が見《み》たくなって、私《わたし》が連《つ》れて行《い》ってと命《めい》じたから男《おとこ》は私《わたし》を連《つ》れて来《き》ただけです。ここはとても住《す》み心地《ごこち》が良《よ》く気《き》に入《い》っています。この男《おとこ》が罪《つみ》に問《と》われ、苦《くる》しい罰《ばつ》を背負《せお》わされたら、私《わたし》の方《ほう》は、いったいどうしろ、と言《い》うのです。こういうことになったのも、前世《ぜんせ》からこの国《くに》に住《す》み着《つ》く、という宿命《しゅくめい》があったからなのでしょう。早《はや》く帰《かえ》って、朝廷《ちょうてい》に事《こと》の成《な》り行《ゆ》きを申《もう》し上《あ》げなさい』とおっしゃいました。

お使《つか》いは仕方《しかた》なくそのまま上京《じょうきょう》し、帝《みかど》に『このような次第《しだい》でございました』と申《もう》し上《あ》げたところ、『しょうがない。その男《おとこ》を罪《つみ》にしたところで、今《いま》となってはこの姫君《ひめぎみ》を取《と》り返《かえ》して都《みやこ》へお連《つ》れ申《もう》し上《あ》げることもできない。竹芝《たけしば》の男《おとこ》に、生《い》きている間《あいだ》は武蔵《むさし》の国《くに》を預《あず》け、税金《ぜいきん》や労働《ろうどう》などの義務《ぎむ》も全《ぜん》部《ぶ》免除《めんじょ》しよう。ただもうすっかり、姫君《ひめぎみ》にその国《くに》をお預《あず》けいたす』というような宣旨《せんじ》（天皇《てんのう》の命令文書《めいれいもんじょ》）が下《くだ》りました。

だから、男《おとこ》はこの家《いえ》を内裏《だいり》（皇居《こうきょ》）のように造《つく》り、姫君《ひめぎみ》を住《す》まわせ申《もう》したのです。

その後《ご》姫君《ひめぎみ》なども亡《な》くなられたので、家《いえ》を寺《てら》にして、そこを竹芝寺《たけしばでら》と呼《よ》んだのですよ。また、姫君《ひめぎみ》のお産《う》みになった子《こ》どもたちは、そのまま武蔵《むさし》という姓《せい》を持《も》っていたということです。この事件《じけん》があってからは、火焚《ひた》き屋《や》には男性《だんせい》ではなく女性《じょせい》が詰《つ》めているそうな……」と語《かた》りました。

❖みかど、后《きさき》、皇女《みこ》失《う》せたまひぬとおぼしまどひ、求《もと》めたまふに、『武蔵《むさし》の国《くに》の衛士《ゑじ》のをのこなむ、いと香《かう》ばしき物《もの》を首《くび》にひきかけて、飛《と》ぶやうに逃《に》げける』と申《まう》し出《い》でて、このをのこを尋《たづ》ぬるに、なかりけり。ろんなくもとの国《くに》にこそ行《ゆ》くらめと、おほやけより使下《つかひくだ》りて追《お》ふに、瀬田《せた》の橋《はし》こほれて、え行《ゆ》きやらず。三月《みつき》といふに、武蔵《むさし》の国《くに》に行《ゆ》き着《つ》きて、このをのこを尋《たづ》ぬるに、この皇女《みこ》、おほやけ使《づかひ》を召《め》して、『われ、さるべきにやありけむ、このをのこの家《いへ》ゆかしくて、率《ゐ》て行《ゆ》けと言《い》ひしかば率《ゐ》て来《き》たり。いみじくここありよくおぼゆ。このをのこ罪《つみ》しられうぜられば、われはいかであれと。これも前《さき》の世《よ》に、この国《くに》に跡《あと》を垂《た》るべき宿世《すくせ》こそありけめ。はや帰《かへ》りて、おほやけにこのよしを奏《そう》せよ』と仰《おほ》せられければ、言《い》はむかたなくて、上《のぼ》りて、みかどに、『かくなむありつる』と奏《そう》しければ、『言《い》ふかひなし。そのをのこを罪《つみ》しても、今《いま》はこの宮《みや》を取《と》り返《かへ》し都《みやこ》に帰《かへ》したてまつるべきにもあらず。竹芝《たけしば》のをのこに、生《い》けらむ世《よ》のかぎり武蔵《むさし》の国《くに》を預《あづ》けとらせて、おほやけごともなさせじ、ただ、宮《みや》にその国《くに》を預《あづ》けたてまつらせたまふ』よしの宣旨《せんじ》下《くだ》りにければ、この家《いへ》を内裏《だいり》のごとく造《つく》りて、住《す》ませたてまつりける家《いへ》を、宮《みや》など失《う》せたまひにければ、寺《てら》になしたるを、竹芝寺《たけしばでら》と言《い》ふなり。その宮《みや》の生《う》みたまへる子《こ》どもは、やがて武蔵《むさし》といふ姓《さう》を得《え》てなむありける。それよりのち、火《ひ》たき屋《や》に女《をんな》はゐるなり」と語《かた》る。

✿帝や后が心配して、姫君を探します。手掛かりがありました。「なんだかとてもよい香りがするもの」とありますが、当時の人々は着る物に香《こう》を焚《た》きしめていたので、これは姫君を指しているのです。あまりの速さで駆《か》け抜《ぬ》けるものだから、フレグランスが手掛かりだったのですね。
ところで、この話のなかでは、一貫して女性の方が積極的。男性に申し込むのも、使いを追い返すのも姫君です。彼女は、ずいぶんはっきりした発言や行動をしていますね。

「背負って逃げる恋」のお話は『伊勢《いせ》物語』の中で有名な「芥川《あくたがわ》の段」（六段）があります（コラム参照）。でも、こちらのお話は、男性が女性を盗んで逃げる型。それに比較すると「竹芝《たけしば》伝説」の方は、女性の望みを男性が叶《かな》える型。

★背負《せお》って逃《に》げる恋《こい》──『伊勢物語《いせものがたり》』（六段《ろくだん》）の一部分《いちぶぶん》──

昔、男の人がいました。なかなか自分の手に入りそうもなかった女に、何年にもわたって、求婚を続けてきました。やっとのことで、その女をひどく暗い晩に盗み出して、逃げて来たのです。

芥川《あくたがわ》という川のほとりに連れて行ったところ、その女は、草の上の露を見て、「あのキラキラしているものは、何ですか」と男に尋ねました。

これからの道のりも遠く、夜も更けてくるし、男は、鬼がいる所とも知らず、雷や雨もひどいので、ぼろぼろの蔵に女を入れて、奥に押し込めます。そして、自分の方は、弓や胡簶《やなぐい》（矢を入れる器）を背負い、戸口で番をしていました。

男が、「はやく夜が明けて欲しいなあ」と思いながら座っていた間に、なんと鬼が、たちまち女を食べてしまったのです。「アレッ」と女は悲鳴を上げたのですが、つんざくような雷の音にかき消され、男の耳には入りませんでした。だんだんと夜が明け、明るくなってきて、まわりが見えるようになりました。でも、蔵の中はがらんとして、連れてきた女の影も形も見えません。男は地団駄《じだんだ》を踏んで悔しがって泣いたのですが、いまさら、どうしようもないのです。男は、

『伊勢物語図色紙　六段芥川』（大和文華館蔵）

「『あれは白玉ですか、何ですか』とあの人が聞いた時に、『あれは露だよ』と答えて、そのままあの時、私も露のように消えてしまったらよかったんだ。そうすればこんなにつらい思いをしないですんだのに……」

と詠んだのでした。

◆もろこしと大和《やまと》――大磯《おおいそ》のロングビーチ――〈六段〉

「にしとみ」（藤沢市《ふじさわし》）という所《ところ》にある山《やま》は、まるで、上手《じょうず》な絵《え》が描《か》いてある屏風《びょうぶ》をずらっと並《なら》べたようにすばらしい景色《けしき》です。片側《かたがわ》は海《うみ》で、浜《はま》のたたずまい、そして寄《よ》せては返《かえ》す波《なみ》の様子《ようす》も、とてもすてきな風景《ふうけい》です。「もろこしが原《はら》」（大磯《おおいそ》）という所《ところ》も、砂《すな》が真《ま》っ白《しろ》に続《つづ》く中《なか》を二《に》、三日《さんにち》がかりで進《すす》んで行《い》きます。「夏《なつ》は大和撫子《やまとなでしこ》が、濃《こ》くあるいは薄《うす》く、錦《にしき》を敷《し》いたように美《うつく》しく咲《さ》いているのですが……。今《いま》は秋《あき》の終《お》わりなので、見《み》えませんねえ」と言《い》うけれど、それでもまだ、あちらこちらこぼれ残《のこ》るように、大和撫子《やまとなでしこ》が、さびしげな姿《すがた》で咲《さ》いています。「地名《ちめい》はもろこしが原《はら》なのに、よりによって大和撫子《やまとなでしこ》が咲《さ》いているなんて」などと言《い》って、人々《ひとびと》はおもしろがっています。

❖にしとみといふ所の山《やま》、絵《ゑ》よくかきたらむ屏風《びやうぶ》を立《た》て並《なら》べたらむやうなり。片《かた》つ方《かた》は海《うみ》、浜《はま》のさまも、寄《よ》せかへる浪《なみ》のけしきも、いみじうおもしろし。もろこしが原《はら》といふ所《ところ》も、砂子《すなご》のいみじう白《しろ》きを二三日《ふつかみか》行《ゆ》く。「夏《なつ》は大和撫子《やまとなでしこ》の、濃《こ》くうすく錦《にしき》を引《ひ》けるやうになむ咲《さ》きたる。これは秋《あき》の末《すゑ》なれば見《み》えぬ」と言《い》ふに、なほ所々《ところどころ》はうちこぼれつつ、あはれげに咲《さ》きわたれり。「もろこしが原《はら》に、大和《やまと》撫子《なでしこ》しも咲《さ》きけむこそ」など、人々《ひとびと》をかしがる。

✲神奈川県の景色で印象深いのは、なんといっても海。寄せては返す波に感動しながら藤沢の海岸（にしとみ）あたりを過ぎて、大磯のロングビーチ（もろこしが原）を進みます。ここには大和撫子《やまとなでしこ》が少しだけ咲いていました。撫子には種類があって、大和撫子と唐撫子《からなでしこ》があります。ここは「もろこし（唐）が原」なのに「唐」撫子ではなくて「大和」撫子が咲いている、という言葉のしゃれがポイント。

◆美《うつく》しい遊女《ゆうじょ》――足柄山《あしがらやま》――〈七段〉

足柄山《あしがらやま》（神奈川県《かながわけん》から静岡県《しずおかけん》にわたる連山《れんざん》）という所《ところ》は、四《し》、五日《ごにち》も前《まえ》から、恐《おそ》ろしくなるほど、黒々《くろぐろ》と木《き》が生《お》い茂《しげ》っていて暗《くら》い道《みち》が続《つづ》いていました。やっと踏《ふ》み込《こ》んで行《い》った麓《ふもと》のあたりでさえ、空《そら》の様子《ようす》もはっきりとは見《み》えず、木々《きぎ》がこんもりとそそり立《た》ち、ひどく無気味《ぶきみ》です。麓《ふもと》に泊《と》まったら、月《つき》もなく真《ま》っ暗《くら》な晩《ばん》で、まるで暗闇《くらやみ》に迷《まよ》うような様子《ようす》でした。するとそこに、遊女《ゆうじょ》が三人《さんにん》、どこからともなく姿《すがた》をあらわしたのです。五十歳《ごじっさい》ぐらいの人《ひと》が一人《ひとり》、二十歳《はたち》ばかりの人《ひと》と十四《じゅうし》、五歳《ごさい》ほどの遊《ゆう》女《じょ》たちでした。人々《ひとびと》は宿《やど》の前《まえ》に柄《え》の長《なが》い傘《かさ》をさしかけさせて、遊女《ゆうじょ》たちをそこに座《すわ》らせました。

男《おとこ》の人《ひと》たちが灯火《とうか》をともして見《み》ると、昔《むかし》「こはた」とかいった有名《ゆうめい》な遊《ゆう》女《じょ》の孫《まご》だというのです。その人《ひと》の髪《かみ》はとても長《なが》く、額髪《ひたいがみ》もすごく美《うつく》しく顔《かお》にかかり、色《いろ》も白《しろ》くこぎれいで「このままちゃんとした所《ところ》の使用人《しようにん》としてもじゅうぶん通用《つうよう》しそうだ」などと人々《ひとびと》は感心《かんしん》していました。声《こえ》までたとえようもなく美《うつく》しく、まるで空《そら》に澄《す》みのぼるように上手《じょうず》に歌《うた》を歌《うた》います。人々《ひとびと》がとても感動《かんどう》して、自分《じぶん》たちのそばに呼《よ》び寄《よ》せおもしろがっているとき、ある人《ひと》が、「西国《さいごく》（上方《かみがた》）の遊女《ゆうじょ》は、とてもこんなふうにすばらしくは歌《うた》えないよ」などと言《い》っているのを聞《き》いて、その遊女《ゆうじょ》は「難波《なにわ》（大阪《おおさか》地方《ちほう》）あたりの遊女《ゆうじょ》にくらべたら、私《わたし》たちはとてもかないません」と、アドリブの文句《もんく》であでやかに歌《うた》うのでした。見《み》た目《め》の器量《きりょう》もすごくきれいで、声《こえ》まで他《ほか》の人《ひと》とくらべられないくらいの美声《びせい》で歌《うた》い、そしてまた、こんなにも恐《おそ》ろしい真《ま》っ暗《くら》な山《やま》のなかに立《た》ち去《さ》って行《い》く遊女《ゆうじょ》の姿《すがた》を見《み》て、人々《ひとびと》は皆満《みなみ》たされない思《おも》いで泣《な》いています。まして私《わたし》の幼《おさな》い心《こころ》のなかでは、この土地《とち》を立《た》ち去《さ》って行《い》くことすら、残念《ざんねん》で悲《かな》しくて、なりません。

❖足柄山《あしがらやま》といふは、四五日《よかいつか》かねておそろしげに暗《くら》がりわたれり。やうやう入《い》り立《た》つ麓《ふもと》のほどだに、空《そら》の気色《けしき》、はかばかしくも見《み》えず、えも言《い》はず茂《しげ》りわたりて、いとおそろしげなり。麓《ふもと》に宿《やど》りたるに、月《つき》もなく暗《くら》き夜《よ》の、闇《やみ》にまどふやうなるに、遊《あそ》女《び》三人《みたり》、いづくよりともなく出《い》で来《き》たり。五十《いそぢ》ばかりなる一人《ひとり》、二十《はたち》ばかりなる、十四五《とをあまりよついつ》なるとあり。庵《いほ》の前《まへ》にからかさをささせて据《す》ゑたり。

をのこども、火《ひ》をともして見《み》れば、昔《むかし》、「こはた」と言《い》ひけむが孫《まご》といふ、髪《かみ》いと長《なが》く、額《ひたひ》いとよくかかりて、色白《いろしろ》くきたなげなくて、「さてもありぬべき下仕《しもづか》へなどにてもありぬべし」など、人々《ひとびと》あはれがるに、声《こゑ》すべて似《に》るもなく、空《そら》に澄《す》み上《のぼ》りてめでたく歌《うた》をうたふ。人々《ひとびと》いみじうあはれがりて、け近《ぢか》くて、人々《ひとびと》もて興《きよう》ずるに、「西国《さいごく》の遊女《あそび》はえかからじ」など言《い》ふを聞《き》きて、「難波《なには》わたりにくらぶれば」とめでたくうたひたり。

見《み》る目《め》のいときたなげなきに、声《こゑ》さへ似《に》る

遊女が使う大きな傘

ものなくうたひて、さばかりおそろしげなる山中《やまなか》に立《た》ちて行《ゆ》くを、人々《ひとびと》あかず思《おも》ひてみな泣《な》くを、幼《をさな》き心地《ここち》には、ましてこのやどりを立《た》たむことさへあかずおぼゆ。

✲足柄山《あしがらやま》の麓《ふもと》で突如出てきたのは、「金太郎」ではなく遊女たちでした。鬱蒼《うっそう》とした山のなかから、ふいに姿をあらわした美しい遊女たち。とても幻想的なシーンです。孝標《たかすえ》の娘がいる日常生活圏内《けんない》では会うことができない人たちですね。旅ならではの出会い。そのなかでも「こはた」という遊女の孫は髪も声も顔もすごく美しかったのでした。

この遊女たちが暗い山のなかに立ち去って行くとき、少女の孝標の娘はひどく寂しくなって、ここの場所から動くことすら残念でならなかったのです。闇のなかから登場し、闇のなかに消えていく遊女たち。旅情があふれていて、美しくせつない場面です。

◆富士山《ふじさん》のミステリー――富士川伝説《ふじがわでんせつ》――〈九段〉

富士川《ふじがわ》（山梨県《やまなしけん》が源流《げんりゅう》）というのは、富士山《ふじさん》から流《なが》れ落《お》ちている川《かわ》です。その土地《とち》の人《ひと》が出《で》てきて話《はな》すには、「去年《きょねん》ごろでしょうか、よそに出《で》かけましたところ、暑《あつ》くてたまらず、この川《かわ》のほとりで一休《ひとやす》みしながらぼんやり眺《なが》めていました。すると川上《かわかみ》の方《ほう》から黄色《きいろ》い物《もの》が流《なが》れてきて、何《なに》かにひっかかってとまったのです。それを見《み》ると何《なに》か字《じ》の書《か》いてある紙《かみ》でした。取《と》り上《あ》げて見《み》ると、黄色《きいろ》い紙《かみ》に朱筆《しゅひつ》で、濃《こ》くきちんとした文字《もじ》が書《か》いてあります。

不思議《ふしぎ》に思《おも》って読《よ》んでみると、来年《らいねん》、国守《こくしゅ》（地方長官《ちほうちょうかん》）が新《あたら》しく任命《にんめい》される予定《よてい》の国々《くにぐに》が、まるで除目《じもく》（人事異動一覧表《じんじいどういちらんひょう》）のようにすっかり書《か》き上《あ》げてあり、この駿河《するが》の国《くに》（静岡県中央部《しずおかけんちゅうおうぶ》）も、来年空席予定《らいねんくうせきよてい》の所《ところ》に、国守《こくしゅ》が当《あ》ててありました。また、そこにはなぜか別人《べつじん》が書《か》き添《そ》えてあり、二《ふた》人《り》の名前《なまえ》が挙《あ》がっていたのです。『変《へん》だな、びっくりだな』と思《おも》いながら、紙《かみ》を拾《ひろ》いかわかして、大切《たいせつ》にしまっておきました。すると、翌年《よくとし》の除目《じもく》には、ここに書《か》かれていた人《ひと》が一人残《ひとりのこ》らず的中《てきちゅう》していたのです。
この駿河《するが》の国《くに》も、国守《こくしゅ》と書《か》かれてあったそのとおりの人《ひと》が任命《にんめい》されたのですが、その人《ひと》が、三《さん》か月《げつ》もたたないうちに亡《な》くなりました。すると、その代《か》わりに赴任《ふにん》してきた人《ひと》も、なんとその横《よこ》に書《か》き加《くわ》えられていた人《ひと》だったのです。こんな奇想天外《きそうてんがい》なことがあったのですよ。来年《らいねん》の任官《にんかん》のことなどは、今年《ことし》のうちにこの山《やま》に多《おお》くの神様《かみさま》たちが集《あつ》まって、お決《き》めになることなのだな、とわかったのでした。ほんとうに摩訶不思議《まかふしぎ》なことでございますね」と語《かた》るのです。

❖富士川《ふじがは》といふは、富士《ふじ》の山《やま》より落《お》ちたる水《みづ》なり。その国《くに》の人《ひと》の出《い》でて語《かた》るやう、
「一年《ひととせ》ごろ、物《もの》にまかりたりしに、いと暑《あつ》かりしかば、この水《みづ》のつらに休《やす》みつつ見《み》

れば、川上《かはかみ》の方《かた》より黄《き》なる物流《ものなが》れ来《き》て、物《もの》につきてとどまりたるを見《み》れば、反故《ほぐ》なり。取《と》り上《あ》げて見《み》れば、黄《き》なる紙《かみ》に、丹《に》して濃《こ》くうるはしく書《か》かれたり。あやしくて見《み》れば、来年《きたるとし》なるべき国《くに》どもを、除目《ぢもく》のごとみな書《か》きて、この国来《くにきたる》年空《としあ》くべきにも、守《かみ》なして、また添《そ》へて二《に》人《にん》をなしたり。『あやし、あさまし』と思《おも》ひて、取《と》り上《あ》げて、干《ほ》して、をさめたりしを、かへる年《とし》の司召《つかさめし》に、この文《ふみ》に書《か》かれたりし、一《ひと》つ違《たが》はず、この国《くに》の守《かみ》とありしままなるを、三月《みつき》のうちに亡《な》くなりて、またなりかはりたるも、このかたはらに書《か》きつけられたりし人《ひと》なり。かかることなむありし。来年《きたるとし》の司召《つかさめし》などは、今年《ことし》、この山《やま》に、そこばくの神々集《かみがみあつ》まりてないたまふなりけりと見《み》たまへし。めづらかなることにさぶらふ」と語《かた》る。

✿駿河《するが》の国（静岡県中央部）の富士川ではとても不思議な話を聞きました。川から流れてくる紙（コラム参照）を拾ったら、それは来年の地方長官人事異動一覧表。なんと一つ残らずその一覧表のとおりに翌年の人事が行われたのでした。
駿河の国は、長官が亡くなった交代の人事まで予言されていたのです。それは富士山にたくさんの神様が集まって決めている、というびっくりするようなお話でした。山にはミステリアスな伝説がつきものですが、亡くなった人まで言い当てているのは恐いですね。なお、当時、富士山は噴火していました。

★携帯電話《けいたいでんわ》と和紙《わし》

ここで「黄色い紙」と出てくるのは公式文書用の紙が黄ばんだものと思われます。昔、お役所の書類などには堅くて強い紙（陸奥紙《みちのくがみ》など）が使われたのですが、それはすぐに黄ばんでしまうのでした。でも、もともと強い紙なので、紙そのものが破けたりすることは、あまりないのです。

王朝の作品には陸奥紙以外にも美しい和紙が登場します。役所の紙屋院《かみやいん》で作られた紙屋紙《かみやがみ》、そして、透き通るほど薄いのに破れない美しく

携帯電話

繊細な薄様《うすよう》……。日本の和紙は、ふくよかで美しく、しかもしっかりしていて、保存期間がとても長いのです。昔の作品が数多く残ったのも、和紙のおかげといえるでしょう。

この和紙の技術――軽量で強い紙を作る技術――は、なんと皆さんが今使っている携帯電話の中にも使用されているのですよ。携帯電話の配線板《はいせんばん》の中には和紙の技術を駆使《くし》した薄くてなめらかな紙が使われています。何百年にもわたって受け継がれてきた伝統文化。それが「今」を支えているのですね。

◆逢坂《おうさか》の関《せき》を通《とお》って、とうとう都《みやこ》に到着《とうちゃく》〈一三段〉

粟津《あわづ》（大津市南部《おおつしなんぶ》）に滞在《たいざい》して、いよいよ十二月《じゅうにがつ》の二日《ふつか》に京《きょう》に入《はい》ります。暗《くら》くなってから京《きょう》に到着《とうちゃく》するように、午後《ごご》四時《よじ》ごろ粟津《あわづ》を出発《しゅっぱつ》すると、逢坂《おうさか》の関《せき》（滋《し》賀《が》県大津市逢坂山《けんおおつしおうさかやま》）が近《ちか》くなって、山《やま》の斜《しゃ》面《めん》にほんの間《ま》に合《あ》わせの切懸《きりかけ》という板囲《いたがこ》いがしてあるその上《うえ》から、丈六《じょうろく》（約五《やくご》メートル）の仏様《ほとけさま》で、まだ建造途中《けんぞうとちゅう》でいらっしゃる、そのお顔《かお》だけがはるかに眺《なが》められました。

「かわいそうに、人里離《ひとざとはな》れて、でも場所《ばしょ》なんかかまいもせずポツンとさびしそうに立《た》

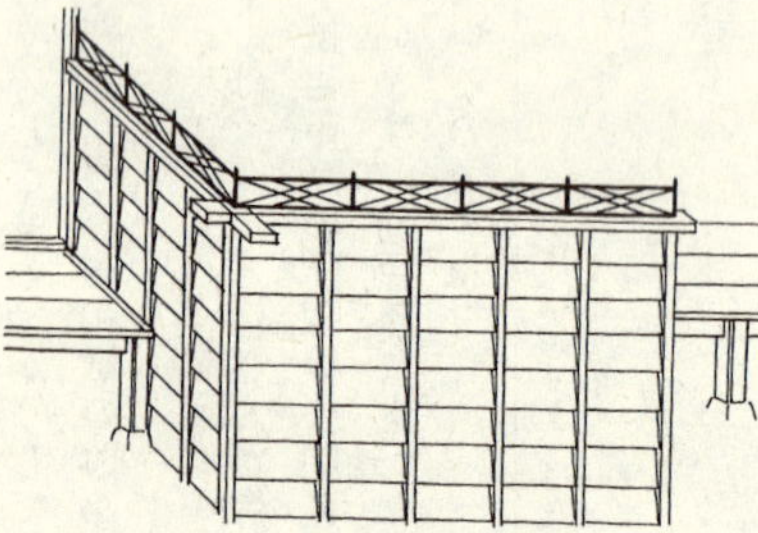

切《きり》懸《かけ》

っていらっしゃる仏様《ほとけさま》だわ」と遠《とお》くから見《み》ながら、通《とお》り過《す》ぎました。たくさんの国々《くにぐに》を通《とお》って来《き》ましたが、駿河《するが》の国《くに》（静岡県中央部《しずおかけんちゆうおうぶ》）の清見《きよみ》が関《せき》（静岡市清水区《しずおかししみずく》）とこの逢坂《おうさか》の関《せき》ほど、心《こころ》に残《のこ》る所《ところ》はありませんでした。

とっぷりと暗《くら》くなってから、三条《さんじよう》の宮様《みやさま》（脩子《しゆうし》）の西隣《にしどなり》にある我《わ》が家《や》にようやく辿《たど》り着《つ》いたのでした。

❖粟津《あはづ》にとどまりて、師走《しはす》の二日《ふつか》、京《きやう》に入《い》る。暗《くら》く行《ゆ》き着《つ》くべくと、申《さる》の時《とき》ばかりに立《た》ちて行《ゆ》けば、関近《せきちか》くなりて、山《やま》づらにかりそめなる切懸《きりかけ》といふ物《もの》したる上《かみ》より、丈六《ぢやうろく》の仏《ほとけ》の、いまだ荒造《あらづく》りにおはするが、顔《かほ》ばかり見《み》やられたり。「あはれに、人《ひと》離《はな》れていづこともなくておはする仏《ほとけ》かな」と、うち見《み》やりて過《す》ぎぬ。

ここらの国々《くにぐに》を過《す》ぎぬるに、駿河《するが》の清見《きよみ》が関《せき》と、逢坂《あふさか》の関《せき》とばかりはなかりけり。いと暗《くら》くなりて、三条《さんでう》の宮《みや》の西《にし》なる所《ところ》に着《つ》きぬ。

✻たくさんの国を通りながら、粟津《あわづ》から京の出入り口、逢坂《おうさか》の関にさしかかりました。そこには仏様が山の斜面に立っていたのです。ポツンと立っている仏様。まるで出発の時に一人寂しく取り残されていた薬師仏様《やくしぼとけ》のようですね（一段—②）。

この仏様は、この年（一〇二〇年）建造中だったそうです。ずっと後になってから、孝標《たかすえ》の娘はまたここを通りかかりますが（六三段—②）、その時、この仏様は完成していました。

約三か月の長い長い大旅行を終えて、とうとう、都に到着（コラム参照）。

★ロマンチック！　物語街道《ものがたりかいどう》ツアー行程表《こうていひょう》

■上総《かずさ》（千葉県中央部）↓下総《しもうさ》（千葉県北部と茨城県の一部）↓武蔵《むさし》（東京都・埼玉県・神奈川県の一部）↓相模《さがみ》（神奈川県）↓駿河《するが》（静岡県中央部）↓遠江《とおとうみ》（静岡県西部）↓三河《みかわ》（愛知県東部）↓尾張《おわり》（愛知県西部）↓美濃《みの》（岐阜県南部）↓近江《おうみ》（滋賀県）↓山城《やましろ》（京都府南部）↓都（京都）

作品のなかに出て来た国の名前を並べただけでも、大変なことになってしまいました。順番など記憶違いなどがあって、細かい地名は正確ではありません。また、現在の地名のどこにあたるか不確かな所もあります。でも、約十世紀前のツアーなので、仕方ありませんよね。ともかくすさまじい距離にびっくり。期間約三か月のビッグツアー。

　そもそも平安時代の女性は、じっと家に居て時々お寺などに物詣《ものもう》でに行くぐらい。それも京都周辺。そんな生活に比べるとこの旅行はとんでもない大旅行。今だって「週末一泊ノンビリ癒《いや》しの旅」では行けない距離です。昔だと世界一周旅行に匹敵《ひってき》したのかもしれません。こんな体験はなかなかできるものではありませんね。どうしても書き残しておきたいと思ったのでしょうし、読む人も聞いたことがあるだけで行ったことのない地名――遥《はる》かかなたの夢のような場所――を読みながら旅への誘《いざな》いに心をワクワクさせたことでしょう。

◆ついに！　物語《ものがたり》を読《よ》む〈一四段〉

三条《さんじよう》の私《わたし》の家《いえ》は、だだっ広《ぴろ》く荒《あ》れた所《ところ》で、これまで通《とお》り過《す》ぎてきた山々《やまやま》にも負《ま》けないくらい、大《おお》きくて恐《おそ》ろしげな深山木《みやまぎ》がこんもりと茂《しげ》っているようで、とても都《みやこ》のなかとも思《おも》えない様子《ようす》です。

着《つ》いたばかりで、まだひどくバタバタと落《お》ち着《つ》かないでいるけれど、「都《みやこ》に着《つ》いたら何《なん》としてもはやく見《み》たいわ」と願《ねが》っていたことなので「物語《ものがたり》を探《さが》して見《み》せて、ねえ見《み》せて」と母親《ははおや》にせがんだら、三条《さんじよう》の宮様《みやさま》（脩子《しゆうし》）の所《ところ》に、親戚《しんせき》の人《ひと》で、「衛門《えもん》の命婦《みようぶ》」という名前《なまえ》でお仕《つか》えしている人《ひと》をたずねて手紙《てがみ》を送《おく》ってくれました。そうしたら、その人《ひと》は私《わたし》たちの帰京《ききよう》を知《し》って珍《めずら》しがり、また喜《よろこ》んでもくれて「宮様《みやさま》のものをいただいたのよ」と言《い》って、とっておきのすばらしい冊子《そうし》類《るい》を、硯箱《すずりばこ》の蓋《ふた》に入《い》れて贈《おく》ってくれたのです。

私《わたし》はうれしくてうれしくてたまらず、夜《よる》も昼《ひる》も夢中《むちゅう》でこれを読《よ》みふけり、それを手《て》始《はじ》めとしてもっともっと他《ほか》の物語《ものがたり》も読《よ》みたくなってきたのです。でも、まだ着《つ》いたばかりで落《お》ち着《つ》かない都《みやこ》の辺《あた》りで、私《わたし》のような者《もの》のために、いったい誰《だれ》が物語《ものがたり》を探《さが》して見《み》せてくれるというのでしょうか。

❖ひろびろと荒《あ》れたる所《ところ》の、過《す》ぎ来《き》つる山々《やまやま》にも劣《おと》らず、大《おほ》きにおそろしげなる深《み》山木《やまぎ》どものやうにて、都《みやこ》の内《うち》とも見《み》えぬ所《ところ》のさまなり。ありもつかず、いみじうもの騒《さわ》がしけれども、「いつしか」と思《おも》ひしことなれば、「物語《ものがたり》もとめて見《み》せよ、見《み》せよ」と、母《はは》をせむれば、三条《さんでう》の宮《みや》に、親族《しぞく》なる人《ひと》の、「衛門《ゑもん》の命婦《みやうぶ》」とてさぶらひける、尋《たづ》ねて、文《ふみ》やりたれば、めづらしがりて喜《よろこ》びて、「御前《おまへ》のをおろしたる」とて、わざとめでたき冊子《さうし》ども、硯《すずり》の箱《はこ》の蓋《ふた》に入《い》れておこせたり。

うれしくいみじくて、夜昼《よるひる》これを見《み》るよりうち始《はじ》め、またまたも見《み》まほしきに、ありもつかぬ都《みやこ》のほとりに、誰《たれ》かは物語《ものがたり》もとめ見《み》する人《ひと》のあらむ。

✲都にある物語。それを求めてきた三か月近くの旅ですから、着いたばかりでバタバタしているにもかかわらず、さっそく母親を責めたてます。親戚の女の人から冊子《そうし》類（今の本の形）を贈ってもらいました。

それにしても彼女はラッキーな環境にいますね。物語の楽しさを教えてくれたのは「姉」と「継母《ままはは》」（一段―①）。物語を探してくれるのは「実母」（本段、一七段―①）。そして物語を贈ってくれるのは「親戚の女性たち」（本段の「衛門《えもん》の命婦《みょうぶ》」、一七段―①のおばさん）。

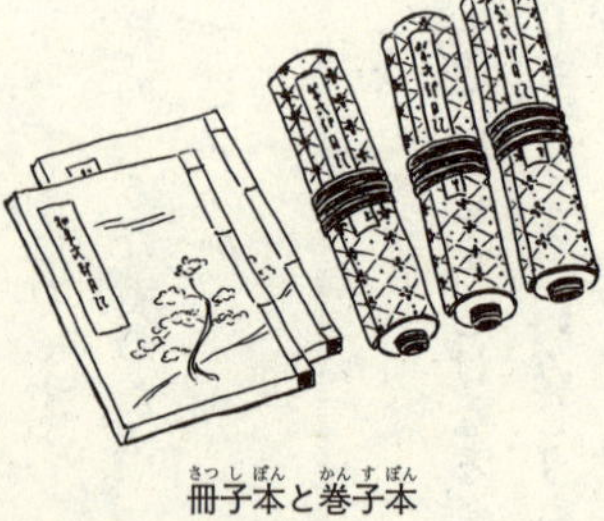

冊子本《さっしぼん》と巻子本《かんすぼん》

◆継母《ままはは》とのせつないお別《わか》れ〈一五段〉

私《わたし》の継母《ままはは》だった人《ひと》は、もとは宮仕《みやづか》えをしていたのですが、父《ちち》とともに上《かず》総《さ》の国《くに》（千葉県中央部《ちばけんちゅうおうぶ》）に下《くだ》った人《ひと》なので、うまくいかないことなどもいろいろとあり、父《ちち》との仲《なか》もしっくりいかないようで、別《わか》れてよそに行《い》くことになりました。五歳《ごさい》ほどの子《こ》どもなどを連《つ》れて「親切《しんせつ》にして下《くだ》さったあなたのお気持《きも》ちは、どんなことがあっても決《けっ》して決《けっ》して忘《わす》れませんからね」などと言《い》って、梅《うめ》の木《き》で、軒《のき》の近《ちか》くにあるすごく大《おお》きな木《き》を指《さ》しながら、「この梅《うめ》の花《はな》が咲《さ》くころには、必《かなら》ず来《き》ますね」と言《い》い残《のこ》して行《い》ってしまいました。私《わたし》は心《こころ》のなかで、恋《こい》しくてたまらない気持《きも》ちを抱《いだ》き続《つづ》けながら、そっと声《こえ》を忍《しの》んでは泣《な》いてばかりいました。そのうち、その年《とし》も終《お》わり、新《あたら》しい年《とし》になってしまったのです。

「はやく梅《うめ》が咲《さ》かないかしら、そのころにはいらっしゃると約束《やくそく》したけれど、本当《ほんとう》かしら」と梅《うめ》の木《き》をじっとみつめながらずっと待《ま》ち続《つづ》けていました。でも、梅《うめ》の花《はな》はみんな咲《さ》いてしまったというのに、何《なん》の連絡《れんらく》もないのです。思《おも》いあまって、梅《うめ》の花《はな》を折《お》って歌《うた》を届《とど》けました。

「あなたがあてにさせた梅《うめ》の花《はな》が咲《さ》くころのお約束《やくそく》。それを私《わたし》は、まだ待《ま》ち続《つづ》けなければいけないのでしょうか。霜《しも》で枯《か》れていた梅《うめ》だって春《はる》を忘《わす》れないで花《はな》を咲《さ》かせたのに」

と詠《よ》んだら、継母《ままはは》は胸《むね》にひびくようなせつない言葉《ことば》を書《か》き連《つら》ね、

「やっぱりあてにして待《ま》ってて下《くだ》さいな。私《わたし》が行《い》かれなくても、昔《むかし》の歌《うた》『我《わ》が宿《やど》の梅《むめ》の立《た》ち枝《え》や見《み》えつらん思《おも》ひの外《ほか》に君《きみ》が来《き》ませる（私《わたし》の家《いえ》の梅《うめ》。その高《たか》い枝《えだ》が見《み》えたのでしょうか。思《おも》いがけなくあなたが来《き》てくれました）〈『拾遺和歌集《しゅういわかしゅう》』〉にあるように、梅《うめ》の高《たか》い枝《えだ》を見《み》て、約束《やくそく》などしていない思《おも》いがけない人《ひと》が訪《たず》ねて来《く》るかもしれませんよ」

という歌《うた》を贈《おく》ってくれました。

❖継母《ままはは》なりし人《ひと》は、宮仕《みやづか》へせしが下《くだ》りしなれば、思《おも》ひしにあらぬことどもなどありて、世《よ》の中《なか》うらめしげにて、ほかに渡《わた》るとて、五《いつ》つばかりなる児《ちご》どもなどして、「あはれなりつる心《こころ》のほどなむ、忘《わす》れむ世《よ》あるまじき」など言《い》ひて、梅《むめ》の木《き》の、つま近《ちか》くていと大《おほ》きなるを、「これが花《はな》の咲《さ》かむをりは来《こ》むよ」と言《い》ひおきて渡《わた》りぬるを、心《こころ》のうちに恋《こひ》しくあはれなりと思《おも》ひつつ、しのびねをのみ泣《な》きて、その年《とし》もかへりぬ。

「いつしか梅咲《むめさ》かなむ、来《こ》むとありしを、さやある」と、目《め》をかけて待《ま》ちわたるに、花《はな》もみな咲《さ》きぬれど、音《おと》もせず。思《おも》ひわびて、花《はな》を折《を》りてやる。

頼《たの》めしをなほや待《ま》つべき霜枯《しもが》れし梅《むめ》をも春《はる》は忘《わす》れざりけり

と言《い》ひやりたれば、あはれなることども書《か》きて、

なほ頼《たの》め梅《むめ》のたち枝《え》は契《ちぎ》りおかぬ思《おも》ひのほかの人《ひと》も訪《と》ふなり

✱孝標《たかすえ》の娘に物語のすばらしさを教えてくれた継母《ままはは》。この人は、上総《かずさ》の国（千葉県中央部）に下る前に、宮仕《みやづか》え（宮中《きゅうちゅう》の勤《つと》めや貴人《きじん》に仕えること）をしていたのです。きら

びやかな都で働いていたキャリアでした。

少女の心に、華やかで夢のある「物語」という世界を伝えてくれた継母との悲しいお別れ。梅の花が咲くころ来ると言ってくれた言葉を信じて泣きながら待つ孝標《たかすえ》の娘。でも、自分から出て行った継母は来られるはずもありません。孝標の娘、十四歳の時のせつないお別れでした。

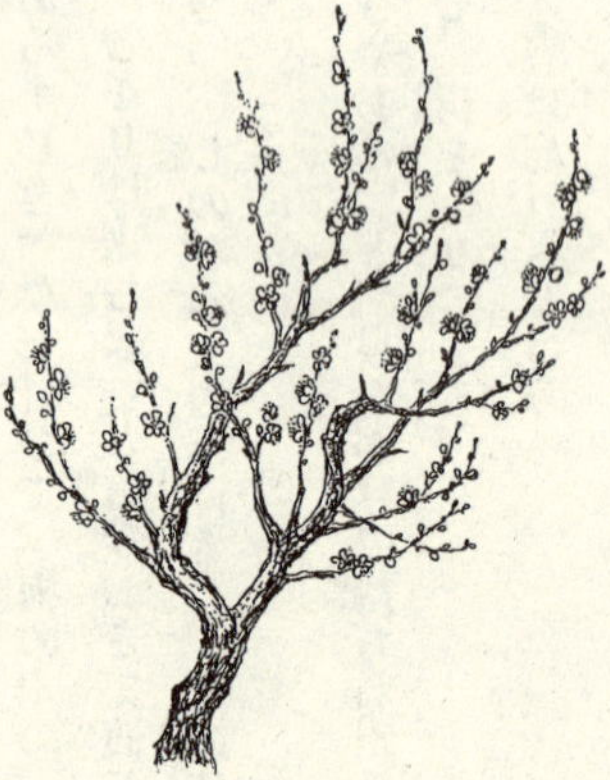

梅

◆やりきれない訃報《ふほう》——乳母《めのと》の死《し》——〈一六段—①〉

　その年《とし》の春《はる》は疫病《えきびょう》が大流行《だいりゅうこう》し、世間《せけん》は大騒《おおさわ》ぎで、「まつさと」（千葉県松《ちばけんまつ》戸市《どし》）の渡《わた》し場《ば》で、月《つき》の光《ひかり》に照《て》らし出《だ》された姿《すがた》をしみじみ美《うつく》しいと思《おも》って見《み》たあの乳母《めのと》も、三月《さんがつ》の初《はじ》めに亡《な》くなってしまいました。どうしていいかわからないくらい嘆《なげ》き悲《かな》しんでいるうちに、物語《ものがたり》を読《よ》みたい、なんていう気持《きも》ちも消《き》えてなくなってしまいました。

　一日中《いちにちじゅう》ひどく泣《な》き続《つづ》けて、ふと外《そと》を見《み》ると、夕日《ゆうひ》がとてもはなやかに射《さ》し込《こ》んでいるなかを、桜《さくら》の花《はな》が残《のこ》りなく散《ち》り乱《みだ》れています。

「散《ち》っている花《はな》も、再《ふたた》びやって来《く》る春《はる》には姿《すがた》を見《み》ることができるでしょうに。それなのにもう決《けっ》して会《あ》うこともできず、あのまま永遠《とわ》のお別《わか》れとなってしまった乳母《めのと》。私《わたし》は彼女《かのじょ》が恋《こい》しくて恋《こい》しくてならないのです」

❖その春《はる》、世《よ》の中《なか》いみじう騒《さわ》がしうて、「まつさと」の渡《わた》りの月《つき》かげあはれに見《み》し乳母《めのと》も、三月《やよひ》ついたちに亡《な》くなりぬ。せむかたなく思《おも》ひ嘆《なげ》くに、物語《ものがたり》のゆかしさもおぼえずなりぬ。いみじく泣《な》きくらして見出《みい》だしたれば、夕日《ゆふひ》のいとはなやかにさしたるに、桜《さくら》の花残《はなのこ》りなく散《ち》り乱《みだ》る。

散《ち》る花《はな》もまた来《こ》む春《はる》は見《み》もやせむやがて別《わか》れし人《ひと》ぞ恋《こひ》しき

✽都に向かった旅の途中で、孝標《たかすえ》の娘は、病気で臥《ふ》せっている乳母《めのと》をお見舞いに行きましたね（四段）。その乳母が三月の初めに伝染病で亡くなってしまったのです。

この年（治安《ちあん》元年、一〇二一年）は流行病が蔓延《まんえん》しました。伝染病ですから、広まる力も強いのです。そのうえ、当時は病気をパッと治す良い薬もありません。一度広がると亡くなる人が後を絶ちませんでした。

孝標の娘のことを可愛がってくれた乳母《めのと》。お見舞いに行った時も泣きながら何度も頭を撫《な》でてくれた乳母。その人が亡くなってしまったのです。そのショックで孝標《たかすえ》の娘は完全に打ちのめされてしまいました。あんなに熱望していた物語を読むという気持ちすら、すっかり消えてしまったのですから……。

◆もう一《ひと》つの訃報《ふほう》——大納言《だいなごん》の姫君《ひめぎみ》の死《し》——〈一六段—②〉

また聞《き》くところによると、侍従《じじゅう》の大納言様《だいなごんさま》（藤原行成《ふじわらのゆきなり》）のお嬢様《じょうさま》が、やはり疫病《えきびょう》でお亡《な》くなりになったということです。夫君《おっとぎみ》でいらっしゃる殿《との》の中将様《ちゅうじょうさま》（藤原長家《ふじわらのながいえ》）が嘆《なげ》いていらっしゃると聞《き》いた話《はなし》も、ちょうど私自身《わたしじしん》が乳母《めのと》を失《うしな》って悲《かな》しみに暮《く》れている時《とき》だったので、「ひどくやりきれないことだわ」と思《おも》って、人《ひと》ごととは思《おも》えずに聞《き》いたのです。上京《じょうきょう》した時《とき》、「これをお手本《てほん》にしなさい」と言《い》って父《ちち》がこの姫君《ひめぎみ》のお書《か》きになったものを私《わたし》にくれたのですが、それには「さよふけてねざめざりせば〈ほととぎす人《ひと》づてにこそ聞《き》くべかりけれ〉（夜《よ》が更《ふ》けてから目《め》が覚《さ》めなかったら、夜中《よなか》にほととぎすの声《こえ》を聞《き》いたのを人《ひと》から聞《き》いてくやしい思《おも》いをしたことでしょう）〈『拾遺和歌集《しゅういわかしゅう》』〉」などと昔《むかし》の歌《うた》が書《か》いてあり、また「鳥《とり》辺山《べやま》谷《たに》に煙《けぶり》のもえ立《た》たばはかなく見《み》えしわれと知《し》らなむ（鳥辺山《とりべやま》の谷《たに》に火《か》葬《そう》の煙《けむり》が立《た》ちのぼったならば、それは、か弱《よわ》く見《み》えていた私《わたし》が亡《な》くなったのだと思《おも》って下《くだ》さい)〈『拾遺和歌集《しゅういわかしゅう》』〉」となんともいえないほど美《うつく》しく、みごとにお書《か》きになっていらっしゃったのです。

それを目《め》にすると、まるでこの歌《うた》がご自分《じぶん》の運命《うんめい》を暗示《あんじ》しているようで、いっそう涙《なみだ》がこぼれてならないのです。

❖また聞《き》けば、侍従《じじゅう》の大納言《だいなごん》の御《おほん》むすめ亡《な》くなりたまひぬなり。殿《との》の中将《ちゆうじやう》のおぼし嘆《なげ》くなるさま、わがものの悲《かな》しきをりなれば、「いみじくあはれなり」と聞《き》く。上《のぼ》り着《つ》きたりし時《とき》、「これ手本《てほん》にせよ」とて、この姫君《ひめぎみ》の御手《おほんて》をとらせたりしを、「さよふけてねざめざりせば」など書《か》きて、「鳥辺《とりべ》山谷《やまたに》に煙《けぶり》のもえ立《た》たばはかなく見《み》えしわれと知《し》らなむ」と、言《い》ひ知《し》らずをかしげに、めでたく書《か》きたまへるを見《み》て、いとど涙《なみだ》を添《そ》へまさる。

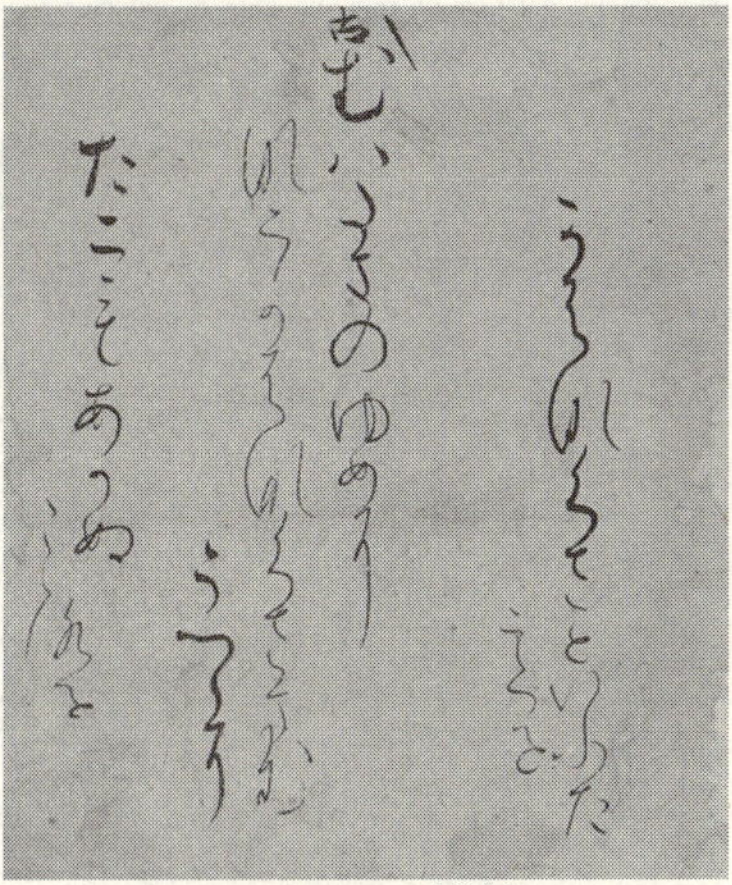

伝藤原行成筆　『升色紙《ますしきし》』
（五島美術館蔵）

✻同じころ、藤原行成《ふじわらのゆきなり》という人の娘も亡くなりました（十五歳）。原因はやはり乳母《めのと》と同じ伝染病です。彼女の父の行成は名筆《めいひつ》家で有名。その娘さんなので、字が上手だったのでしょう。お習字のお手本として父がくれたなかに歌を写したものがありました。

「鳥辺《とりべ》山《やま》」（有名な火葬場）を詠んだ歌もあって、まるではかなく消える自分の運命のよう……。それを見るにつけても、悲しみに沈んでいる孝標《たかすえ》の娘はとめどなく涙を流し続けるのでした。

◆『源氏物語《げんじものがたり》』ようやく手《て》に入《はい》る!〈一七段—①〉

こんなふうに、私《わたし》が落《お》ち込《こ》んでばかりいるので、なんとかして慰《なぐさ》めようと心配《しんぱい》して、母《はは》が物語《ものがたり》などを探《さが》して見《み》せて下《くだ》さいました。その母《はは》の心遣《こころづか》いが利《き》いて、私《わたし》の気持《きも》ちも自然《しぜん》と晴《は》れていきます。『源氏物語《げんじものがたり》』の若紫《わかむらさき》の巻《まき》(五番目《ごばんめ》の巻《まき》)などを読《よ》んで、その続《つづ》きが読《よ》みたくてたまらなかったけれど、人《ひと》に頼《たの》み込《こ》むことなどもできませんし、家《いえ》の人《ひと》もまだ都《みやこ》に馴染《なじ》みができないころなので、見《み》つけることができません。ひどくもどかしく、ただもう見《み》たくて見《み》たくてたまらないので、「この『源氏物語《げんじものがたり》』を、最初《さいしょ》の巻《まき》から終《お》わりまですべてお見《み》せ下《くだ》さいませ」と心《こころ》ひそかに祈《いの》っているのです。親《おや》が太秦《うずまさ》の広隆寺《こうりゅうじ》(京都市右京区《きょうとしうきょうく》)にお籠《こ》りされる時《とき》も一緒《いっしょ》に行《い》って、他《ほか》のことは何《なに》もお祈《いの》りしないで、ただこのことだけをお願《ねが》いし、「お寺《てら》を出《で》たらすぐに、この物語《ものがたり》を全部《ぜんぶ》読《よ》んでしまいたいわ」と思《おも》うのですが、見《み》ることなんかはできないのです。

ひどくがっくりしてしょげていたら、そんな時《とき》、おばにあたる人《ひと》が地方《ちほう》から上京《じょうきょう》して来《き》て、そこに親《おや》が私《わたし》をさし向《む》けたのでした。そのおばは、「ほんとうに可愛《かわい》いお嬢《じょう》さんにお成《な》りになったこと」などと言《い》って、なつかしがったり、珍《めずら》しがったりして、私《わたし》が帰《かえ》る時《とき》に、「何《なに》をさし上《あ》げましょうかね。実用品《じつようひん》などはつまらないでしょう。あなたが欲《ほ》しくて欲《ほ》しくてたまらないものをさし上《あ》げましょうね」と言《い》って、なんと『源氏物語《げんじものがたり》』の五《ごじ》十余《ゆうよ》巻《まき》を櫃《ひつ》（ふたのある木《き》の箱《はこ》）に入《はい》ったままそっくり全部《ぜんぶ》、それから『在中将《ざいちゅうじょう》』、『とほぎみ』、『せりかは』、『しらら』、『あさうづ』などという物語類《ものがたりるい》を、一《ひと》つの袋《ふくろ》に入《い》れて下《くだ》さいました。

それをいただいて帰《かえ》る時《とき》のうれしいことといったら、もう、天《てん》にも昇《のぼ》る心地《ここち》だったのです。

❖かくのみ思《おも》ひくんじたるを、心《こころ》もなぐさめむと心苦《こころぐる》しがりて、母《はは》、物語《ものがたり》などもとめて見《み》せたまふに、げにおのづからなぐさみゆく。

紫《むらさき》のゆかりを見《み》て、つづきの見《み》まほしくおぼゆれど、人《ひと》かたらひなどもえせず、誰《たれ》もいまだ都《みやこ》なれぬほどにてえ見《み》つけず。いみじく心《こころ》もとなく、ゆかしくおぼゆるままに、「この源氏《げんじ》の物語《ものがたり》、一《いち》の巻《まき》よりしてみな見《み》せたまへ」と、心《こころ》のうちに祈《いの》る。親《おや》の太秦《うづまさ》にこもりたまへるにも、ことごとなくこのことを申《まう》して、「出《い》でむままにこの物語見《ものがたりみ》はてむ」と思《おも》へど見《み》えず。

いとくちをしく思《おも》ひ嘆《なげ》かるるに、をばなる人《ひと》の田舎《ゐなか》より上《のぼ》りたる所《ところ》にわたいたれば、「いとうつくしう生《お》ひなりにけり」など、あはれがりめづらしがりて、帰《かへ》るに、「何《なに》をか奉《たてまつ》らむ。まめまめしき物《もの》は、まさなかりなむ。ゆかしくしたまふなる物《もの》を奉《たてまつ》らむ」とて、源氏《げんじ》の五十余《ごじふよ》巻《まき》、櫃《ひつ》に入《い》りながら、在中将《ざいちゆうじやう》、とほぎみ、せりかは、しらら、あさうづなどいふ物語《ものがたり》ども、一《ひと》ふくろとり入《い》れて、得《え》て帰《かへ》る心地《ここち》のうれしさぞいみじきや。

光源氏《ひかるげんじ》と紫《むらさき》の上《うえ》(『絵入源氏物語』)

✽おばさんからうれしいうれしい物語プレゼント。すごい量。『源《げん》氏《じ》物語』全部に『在中将《ざいちゅうじょう》』、『とほぎみ』、『せりかは』、『しらら』、『あさうづ』……。『在中将』は『伊勢《いせ》物語』を指していると思われますが、その他は今伝わっていない物語類。こういう物語を「散《さん》逸《いつ》物語」といいます。それはさておき、都(京都)に来てから今まで、悲しいこと——継母《ままはは》とのお別れ、乳母《めのと》との永遠のお別れ、大納言《だいなごん》の姫君が亡くなったこと——の連続でした。でも、ここでとうとう夢が叶《かな》えられたのです。幸せ一杯で、天にも昇る気持ちになりました。

◆后《きさき》の位《くらい》なんか、いらない〈一七段―②〉

胸《むね》をどきどきさせながら、今《いま》まではほんの少《すこ》ししか読《よ》めなかったので、筋《すじ》がつかめずいらいらしていた『源氏物語《げんじものがたり》』を最初《さいしょ》の巻《まき》から誰《だれ》にも邪魔《じゃま》されず、几帳《きちょう》（ついたて）のなかで臥《ふ》せって、一冊一冊《いっさついっさつ》取《と》り出《だ》して読《よ》む気持《きも》ちといったら、楽《たの》しくてうれしくて、后《きさき》の位《くらい》なんか全然問題《ぜんぜんもんだい》になりません。昼間《ひるま》は一日中《いちにちじゅう》、夜《よる》は目《め》が覚《さ》めている限《かぎ》り、灯火《とうか》を近《ちか》くにともして、これを読《よ》むこと以外何《いがいなに》もしないので、自然《しぜん》に物語《ものがたり》の文章《ぶんしょう》がすらすらと頭《あたま》のなかに浮《う》かんできます。それがまた私《わたし》にはすばらしいことのように思《おも》えてくるのです。

すると、夢《ゆめ》のなかで、とてもすっきりした感《かん》じの僧《そう》で、地《じ》が黄色《きいろ》い袈裟《けさ》を着《き》た人《ひと》が来《き》て、『法華経《ほけきょう》』の第五巻目《だいごかんめ》を今《いま》すぐ習《なら》いなさい」と私《わたし》に言《い》うのです。でも、そんな夢《ゆめ》は誰《だれ》にも話《はな》さないで、『法華経《ほけきょう》』なんか習《なら》おうとも思《おも》いませんでした。

ひたすら物語《ものがたり》だけに夢中《むちゆう》で「私《わたし》はまだ今《いま》のところ、幼《おさな》いからきれいじゃないけれど、きっと年《とし》ごろになったら器量《きりよう》だってすごく美《うつく》しくなって、髪《かみ》もすばらしく長《なが》くなるわ。私《わたし》だって、光源氏様《ひかるげんじさま》が愛《あい》した夕顔《ゆうがお》や、宇治《うじ》の大将様《だいしようさま》（薫《かおる》）に愛《あい》された浮舟《うきふね》の女君《おんなぎみ》のようになるのだわ」と思《おも》っていた気持《きも》ちは、今考《いまかんが》えると、ひどく浅《あさ》はかで、あきれたものだったのです。

❖はしるはしる、わづかに見《み》つつ、心《こころ》も得《え》ず心《こころ》もとなく思《おも》ふ源氏《げんじ》を、一《いち》の巻《まき》よりして、人《ひと》もまじらず几帳《きちやう》の内《うち》にうち臥《ふ》して、引《ひ》き出《い》でつつ見《み》る心地《ここち》、后《きさき》の位《くらゐ》も何《なに》にかはせむ。

昼《ひる》は日《ひ》ぐらし、夜《よ》は目《め》の覚《さ》めたるかぎり、灯《ひ》を近《ちか》くともして、これを見《み》るよりほかのことなければ、おのづからなどは、そらにおぼえ浮《う》かぶを、いみじきことに思《おも》ふに、夢《ゆめ》に、いと清《きよ》げなる僧《そう》の黄《き》なる地《ぢ》の袈裟《けさ》着《き》たるが来《き》て、「法華経《ほけきやう》五《ご》の巻《まき》をとく習《なら》へ」と言《い》ふと見《み》れど、人《ひと》にも語《かた》らず、習《なら》はむとも思《おも》ひかけず、物語《ものがたり》のことをのみ心《こころ》にしめて、「われはこのごろわろきぞかし、さかりにならば、かたちもかぎりなくよく、髪《かみ》もいみじく長《なが》くなりなむ、光《ひかる》の源氏《げんじ》の夕顔《ゆふがほ》、宇治《うぢ》の大将《だいしやう》の浮舟《うきふね》の女君《をんなぎみ》のやうにこそあらめ」と思《おも》ひける心《こころ》、まづいとはかなくあさまし。

✽「后《きさき》の位も何にかはせむ」という所は、『更級日記』のなかでとても有名。当時女性たちが最も憧《あこが》れていた「天皇の妻」。そんな地位よりも、物語を読む方がうれしくてしかたないのですね。

そんなことをしていたら、夢に僧が出てきて「『法華経《ほけきょう》』の第五巻目を今すぐ習いなさい」という忠告をされてしまいました。第五巻目というのは「女人成仏《にょにんじょうぶつ》」が書かれていた巻。特に女性が成仏できないとされていたこの時代に重要視された巻です。

この僧の夢は簡単にいうと、物語ばかりにうつつを抜かさないでちゃんと仏様を信じて勉強しなさい、という意味です。でも、彼女は、そんな夢は全く無視の不信心モード。ひたすら物語に熱中し、大きくなったら夕顔《ゆうがお》や浮舟《うきふね》のようになるんだと思って、ワクワクしています。浮舟は前にも出てきました（一段―①のコラム参照、一三頁）。

光源氏《ひかるげんじ》と夕顔《ゆうがお》（『絵入源氏物語』）

夕顔は『源氏物語』の最初の方に出てくる女性です。この人も身分がそう高くありません。光源氏が乳母《めのと》のお見舞いに行った時、偶然知り合った女性です。最後は六条の荒れ果てた「なにがしの院」で、怨霊《おんりょう》にとりつかれて、はかなく亡くなってしまいます。あでやかな姫君ではなく、憂《うれ》いを秘めた人生を送る浮舟と夕顔。きっと、彼女は、同じような境遇《きょうぐう》の女性に自分を当てはめてドラマチックな将来を夢見ていたのですね。

◆夢《ゆめ》のお告《つ》げ――アマテラスを祈《いの》りなさい――〈二〇段〉

物語《ものがたり》のことを昼《ひる》は一日中《いちにちじゅう》思《おも》い続《つづ》け、夜《よる》も目《め》がさめている限《かぎ》りは、そのことだけに熱中《ねっちゅう》していると、ある時《とき》、次《つぎ》のような夢《ゆめ》を見《み》ました。――「最近《さいきん》、皇太后宮様《こうたいごうぐうさま》（妍子《けんし》）の姫君《ひめぎみ》でいらっしゃる一品《いっぽん》の宮様《みやさま》（禎子《ていし》）のご用《よう》のために、六角堂《ろっかくどう》に水《みず》を引《ひ》いて、遣《や》り水《みず》を造《つく》っています」と言《い》う人《ひと》がいるので、「それはいったいどういうわけですか」と聞《き》いたら、「天照大神《あまてらすおおみかみ》をお祈《いの》り申《もう》し上《あ》げなさい」と答《こた》えました――こんな夢《ゆめ》を見《み》て、人《ひと》に話《はな》すこともなく、何《なに》も考《かんが》えずにそのままにしてしまったことは、実《じつ》に情《なさ》けないことです。

春《はる》がくるたびに、この一品《いっぽん》の宮様《みやさま》（禎子《ていし》）のお邸《やしき》を眺《なが》めながら、このような歌《うた》を詠《よ》みました。

「桜《さくら》が咲《さ》くのを待《ま》ち、また散《ち》ったといっては嘆《なげ》いている春《はる》。その春《はる》には、まるで自分《じぶん》の家《いえ》のようにして、宮様《みやさま》の家《いえ》の桜《さくら》を眺《なが》めています」

❖物語《ものがたり》のことを、昼《ひる》は日《ひ》ぐらし思《おも》ひつづけ、夜《よる》も目《め》の覚《さ》めたるかぎりはこれをのみ心《こころ》にかけたるに、夢《ゆめ》に見《み》ゆるやう、「このごろ、皇《くわう》太后宮《たいこうぐう》の一品《いっぽん》の宮《みや》の御料《ごれう》に、六角《ろくかく》堂《だう》に遣水《やりみづ》をなむつくる」と言《い》ふ人《ひと》あるを、「そはいかに」と問《と》へば、「天照御神《あまてるおほんかみ》を念《ねん》じませ」と言《い》ふと見《み》て、人《ひと》にも語《かた》らず、なにとも思《おも》はでやみぬる、いと言《い》ふかひなし。春《はる》ごとに、この一品《いっぽん》の宮《みや》をながめやりつつ、

咲《さ》くと待《ま》ち散《ち》りぬと嘆《なげ》く春《はる》は
ただわが宿《やど》がほに花《はな》を見《み》るかな

遣《や》り水《みず》（『年中行事絵巻』）

禎子《ていし》略系図

三条天皇《さんじょうてんのう》
＝
妍子《けんし》
｜
禎子内親王《ていしないしんのう》

✿昼も夜も物語に没頭していたら、また不思議な夢を見ました。妍子《けんし》様（藤原道長《ふじわらのみちなが》の娘）の姫君（禎子《ていし》）のために六角堂《ろっかくどう》に水を引いて遣《や》り水を造っている、と言う人が夢のなかに出てきたのです。六角堂というのは、中京区《なかぎょうく》にある今の頂法寺《ちょうほうじ》。遣り水というのは寝殿造《しんでんづく》り（平安貴族の邸宅）で庭に水を引き入れて流れるようにしたもの。その理由を聞くと、『天《あまて》照大神《らすおおみかみ》』をお祈りしなさい」と言うのです。天照大神は日の神様。アマテルオオミカミともいいました。弟はスサノオノミコト。弟が乱暴するので天岩屋戸《あまのいわやと》に籠《こ》もった話は有名。でも孝標《たかすえ》の娘はこのお告げを気にもとめず、春が来るたびに禎子《ていし》邸の桜を観賞しています。

◆かわいい猫《ねこ》！　登場《とうじょう》〈二二段—①〉

桜《さくら》の花《はな》が咲《さ》き散《ち》る時期《じき》になるたびに「乳母《めのと》の亡《な》くなった季節《きせつ》だわ」と、そのことばかりが思《おも》い出《だ》されて、胸《むね》が痛《いた》くてならないのですが、やはりまた、その同《おな》じころにお亡《な》くなりになった侍従《じじゅう》の大納言様《だいなごんさま》（藤原行成《ふじわらのゆきなり》）の姫《ひめ》君《ぎみ》の筆跡《ひっせき》を見《み》ては、しきりに悲《かな》しい気持《きも》ちが湧《わ》き上《あ》がってくるのです。

あれは五月《ごがつ》ごろのことだったでしょうか、夜《よる》が更《ふ》けるまで物語《ものがたり》を読《よ》んで起《お》きていたら、どこからやって来《き》たのかわからないけれど、猫《ねこ》がとてもやわらかい声《こえ》で鳴《な》いたのでした。びっくりして声《こえ》のする方《ほう》を見《み》ると、とてもかわいらしい猫《ねこ》がそこにいるのです。

「いったいどこからやって来《き》た猫《ねこ》かしら」と思《おも》って見《み》ていると、姉《あね》が「しっ、静《しず》かにしなさい。人《ひと》に聞《き》かせてはだめよ。とてもかわいい猫《ねこ》ね。私《わたし》たちで飼《か》いましょう」と言《い》うと、猫《ねこ》はとても人《ひと》に馴《な》れていて、私《わたし》たちの側《そば》に来《き》て、のびのびと横《よこ》になるのです。

この猫《ねこ》を探《さが》している人《ひと》がいるかもしれないので、そっと隠《かく》して飼《か》っていると、猫《ねこ》は下々《しもじも》の人《ひと》の所《ところ》には全《まった》く寄《よ》りつかず、私《わたし》たちの側《そば》にくっついてばかりいて、食《た》べ物《もの》も、汚《きたな》らしいものにはそっぽを向《む》いて、食《た》べようともしません。


❖花《はな》の咲《さ》き散《ち》るをりごとに、「乳母亡《めのとな》くなりしをりぞかし」とのみあはれなるに、同《おな》じをり亡《な》くなりたまひし侍従《じじゅう》の大納言《だいなごん》の御《おほん》むすめの手《て》を見《み》つつ、すずろにあはれなるに、五月《さつき》ばかり、夜更《よふ》くるまで物語《ものがたり》を読《よ》みて起《お》きるたれば、来《き》つらむ方《かた》も見《み》えぬに、猫《ねこ》のいとなごう鳴《な》いたるを、おどろきて見《み》れば、いみじうをかしげなる猫《ねこ》あり。

「いづくより来《き》つる猫《ねこ》ぞ」と見《み》るに、姉《あね》なる人《ひと》、「あなかま、人《ひと》に聞《き》かすな。いとをかしげなる猫《ねこ》なり。飼《か》はむ」とあるに、いみじう人馴《ひとな》れつつ、かたはらにうち臥《ふ》したり。尋《たづ》ぬる人《ひと》やあると、これを隠《かく》して飼《か》ふに、すべて下衆《げす》のあたりにも寄《よ》らず、つと前《まへ》にのみありて、物《もの》もきたなげなるは、ほかさまに顔《かほ》を向《む》けて食《く》はず。

✻ここではとてもかわいい猫ちゃんが登場します。亡くなった、大納言《だいなごん》の姫君の筆跡を見ては悲しんでいたところでした。夜中に物語を読んでいたら、突然猫がやってきたのです。人間の前でノビノビと横になったり、汚らしいものを食べなかったり……。人なつっこい、そして上品な猫ちゃんです。飼い主にみつかると困るので、姉とともに、内緒で飼うことになりました。

王朝の猫（『石山寺縁起絵巻』　石山寺蔵）

◆かわいい猫《ねこ》と神秘《しんぴ》的《てき》な夢《ゆめ》〈二二段—②〉

この猫《ねこ》は、私《わたし》たち姉妹《しまい》の間《あいだ》をいつもぴったりとまとわりつくので、私《わたし》たちもおもしろがってかわいがっているうちに、姉《あね》が病気《びょうき》になってしまいました。そして家《いえ》の中《なか》が、何《なに》かとごたごたして、この猫《ねこ》を使用人《しようにん》のいる北向《きたむ》きの部屋《へや》の方《ほう》にばかり置《お》き、こちらに呼《よ》ばなかったら、うるさく鳴《な》き騒《さわ》ぎたてます。それでもまだ、「きっと、猫《ねこ》には猫《ねこ》なりのわけがあって鳴《な》くのだわ」などと軽《かる》く考《かんが》えていると、病気《びょうき》の姉《あね》がふっと目《め》を覚《さ》まして「どうしたの、猫《ねこ》ちゃんは。こっちに連《つ》れていらっしゃい」と言《い》うので「どうしてなの」と私《わたし》が聞《き》くと「夢《ゆめ》の中《なか》でこの猫《ねこ》が私《わたし》の側《そば》に来《き》て『私《わたし》は、侍従《じじゅう》の大納《だいな》言様《ごんさま》（藤原行成《ふじわらのゆきなり》）の姫君《ひめぎみ》が、このような姿《すがた》に生《う》まれ変《か》わったものなのです。前世《ぜんせ》の因縁《いんねん》が少々《しょうしょう》あって、こちらの妹君《いもうとぎみ》が私《わたし》のことをしきりに懐《なつ》かしがって思《おも》い出《だ》して下《くだ》さいますので、ほんの少《すこ》しの間《あいだ》ここにいるのです。それなのに最近《さいきん》は、使用人部屋《しようにんべや》ばかりに置《お》かれて、ほんとうにつらいこと……』と言《い》って激《はげ》しく泣《な》く様子《ようす》が、まるで上品《じょうひん》で美《うつく》しい人《ひと》のように見《み》えて、はっと目《め》を覚《さ》ましたの。そうしたらこの猫《ねこ》の鳴《な》き声《ごえ》だったのよ。それで私《わたし》、とてもとても悲《かな》しくなったの」とおっしゃるのです。それを聞《き》いて、私《わたし》の方《ほう》もジーンと胸《むね》が詰《つ》まるような気持《きも》ちになりました。

❖姉《あね》おととの中《なか》につとまとはれて、をかしがりらうたがるほどに、姉《あね》のなやむことあるに、もの騒《さわ》がしくて、この猫《ねこ》を北面《きたおもて》にのみあらせて呼《よ》ばねば、かしかましく鳴《な》きののしれども、「なほさるにてこそは」と思《おも》ひてあるに、わづらふ姉《あね》おどろきて「いづら、猫《ねこ》は。こち率《ゐ》て来《こ》」とあるを、「など」と問《と》へば、「夢《ゆめ》に、この猫《ねこ》のかたはらに来《き》て『おのれは、侍従《じじゅう》の大納言殿《だいなごんどの》の御《おほん》むすめの、かくなりたるなり。さるべき縁《えん》のいささかありて、この中《なか》の君《きみ》のすずろにあはれと思《おも》ひ出《い》でたまへば、ただしばしここにあるを、このごろ下衆《げす》の中《なか》にありて、いみじうわびしきこと』と言《い》ひて、いみじう泣《な》くさまは、あてにをかしげなる人《ひと》と見《み》えて、うちおどろきたれば、この猫《ねこ》の声《こゑ》にてありつるが、いみじくあはれなるなり」と語《かた》りたまふを聞《き》くに、いみじくあはれなり。

✽その後、姉が病気になって家の中が騒然《そうぜん》となったので、この猫はかわいそうに使用人部屋に置かれてしまいました。

そんな時、なんと姉の夢にこの猫が登場したのです。夢の中で猫が、「自分は大納《だいな》言《ごん》様（藤原行成《ふじわらのゆきなり》）の姫君の生まれ変わり」だから「使用人部屋にいるのがつらい」と告白します。大納言の姫君は亡くなっていましたね（一六段―②）。孝標《たかすえ》の娘はこの人が書いた和歌を、大切にお習字のお手本にしていました。自分を思ってくれる人の所に、大納言の姫君が猫となって現れた、という神秘的な夢。ちなみに、このように何かに生まれ変わることを「輪廻転生《りんねてんしょう》」といいます。

◆かわいい猫《ねこ》は、言葉《ことば》がわかる〈二二段―③〉

それからは、この猫《ねこ》を北向《きたむ》きの部屋《へや》にも行《い》かせないで、大切《たいせつ》にお世話《せわ》をします。私《わたし》がたった一人《ひとり》で座《すわ》っている所《ところ》にこの猫《ねこ》がやって来《き》て、ちょこんと向《む》き合《あ》って座《すわ》るのです。だから、私《わたし》が頭《あたま》を撫《な》で撫《な》でしながら、「侍従《じじゅう》の大納言様《だいなごんさま》（藤原行成《ふじわらのゆきなり》）の姫君《ひめぎみ》が、ここにいらっしゃるのね。父上《ちちうえ》の大納言《だいなごん》様《さま》にお知《し》らせ申《もう》し上《あ》げたいわ」と話《はな》しかけると、私《わたし》の顔《かお》をじっとみつめて、やわらかい声《こえ》で鳴《な》くのです。

そう思《おも》って見《み》るせいか、外見《がいけん》もちょっと見《み》たところ普通《ふつう》の猫《ねこ》とは違《ちが》い、まるで私《わたし》の言葉《ことば》を聞《き》き分《わ》けているようで、いじらしくてならないのです。

❖その後《のち》は、この猫《ねこ》を北面《きたおもて》にも出《い》ださず、思《おも》ひかしづく。ただ一人《ひとり》ゐたる所《ところ》に、この猫《ねこ》が向《む》かひゐたれば、かいなでつつ、「侍従《じじゅう》の大納言《だいなごん》の姫君《ひめぎみ》のおはするな。大納言殿《だいなごんどの》に知《し》らせたてまつらばや」と言《い》ひかくれば、顔《かほ》をうちまもりつつなごう鳴《な》くも、心《こころ》のなし、目《め》のうちつけに、例《れい》の猫《ねこ》にはあらず、聞《き》き知《し》り顔《がほ》にあはれなり。

✲大納言《だいなごん》の姫君の生まれ変わりのようなので、この猫を大切に大切に育てます。もう使用人部屋に行かせることなんかもありません。
孝標《たかすえ》の娘が「大納言様の姫君が、ここにいらっしゃるのね」と言うとちゃんとかわいい声で鳴きました。まるで、本当に姫君の生まれ変わりのよう。人間の言葉を聞き分けているようです。昔からペットは、人間にとって、単なる動物ではなく、今と同じように、かわいい、心の友だちでした（コラム参照）。

★かわいい！　王朝《おうちょう》の猫《ねこ》たち

今もペットとして人間の側に居てくれる猫。王朝のころ、猫は中国から来た動物（唐猫《からねこ》）だったので、高級輸入ペットでした。放し飼いではなく、家のなかで大切に飼われていました。完全な家猫です。首輪（赤系統）だけではなく、紐《ひも》まで付けて飼われていたようです。

この猫たちは王朝の作品にもしばしば登場します。『枕草子《まくらのそうし》』（六段）には一条《いちじょう》天皇がかわいがっていた猫が出てきます。この猫は「位《くらい》」（身分）までもらって、「命婦《みょうぶ》のおとど」という名前が付いていました。そして、なんと「馬《うま》の命婦《みょうぶ》」という乳母《めのと》まで、お世話係りとしていたのです（「猫」の乳母が「馬」で何となく変ですが）。でも、この段の主人公は「命婦のおとど」（猫）ではなく、かわいそうな犬の翁丸《おきなまろ》。

事件は、お世話係りの「馬の命婦」（乳母）が、なかなか起きようとしない「命婦のおとど」（猫）を起こそうとしたことから始まったのです。

「命婦のおとど」は、ポカポカした光のなかで、ウトウトと寝ていたのです。それを乳母が、何とかして、どかそうとするのですが、猫はなかなか動きません。猫は日の当たる、暖かい所が大好きですすよね。言うことを聞かない猫を移動させようとして、乳母は犬の翁丸をけしかけたのでした。翁丸はこの後、ひどい懲《ちょう》罰《ばつ》を受けてしまい、一時はどうなることかと思われましたが、無事戻って来るのでした。

また、猫といえば有名な『源氏物語《げんじものがたり》』の若菜上《わかなのじよう》の巻。柏木《かしわぎ》という男性が女三《おんなさん》の宮《みや》(光源氏の正妻)の姿を一目見て恋に落ちる瞬間。ここでは猫が一役買っているのです。大きな猫に追いかけられたチビ猫がパニック状態となって大暴れ。そして、御簾《みす》(ブラインド)が開いてしまい、偶然にも柏木が女三の宮の姿を見てしまうのでした。女三の宮を見た柏木は、たちまち恋に落ち、この猫を手に入れて女三の宮の代わりにかわいがります。柏木・女三の宮の二人は、この後、秘密の恋を背負って罪と苦悩の沼へと落ちていくのでした。そう、猫が禁断の恋の扉を開けてしまったのです。

ところで、王朝の猫のなかで最高級ブランド猫はどういう模様だったのでしょうか。それは、「背中全体が黒くて、お腹《なか》の所が真っ白」(『枕草子《まくらのそうし》』四九段)という黒白二色柄《がら》。そして、王朝猫の形は、今の日本猫。ということで、今もこの黒白柄王朝ブランド猫、近所の塀《へい》の上をトコトコと歩いていそうですね。

◆かわいい猫《ねこ》が、火事《かじ》で亡《な》くなりショック〈二五段〉

その翌年《よくとし》、四月《しがつ》のある晩《ばん》、夜中《よなか》ごろに火事《かじ》が起《お》こって、大納言様《だいなごんさま》の姫君《ひめぎみ》と信《しん》じて大切《たいせつ》にお世話《せわ》をしていた猫《ねこ》もかわいそうに焼《や》け死《し》んでしまいました。「大納言様《だいなごんさま》の姫君《ひめぎみ》」と呼《よ》ぶと、まるで自分《じぶん》の名前《なまえ》が呼《よ》ばれたことがわかったような顔《かお》で鳴《な》いて、いつもすっと寄《よ》って来《き》たりなんかしたのに。だから、父《ちち》も「本当《ほんとう》にめずらしい、感動的《かんどうてき》な話《はなし》だな。ぜひ父上《ちちうえ》の大納言様《だいなごんさま》（藤原行成《ふじわらのゆきなり》）に申《もう》し上《あ》げよう」などと言《い》っていたところだったのです。ちょうどそんな話《はなし》をしている時《とき》に、亡《な》くなってしまったので、とってもかわいそうで、悲《かな》しくて悔《くや》しくてなりません。

私《わたし》のもとの家《いえ》は、広々《ひろびろ》として奥《おく》が深《ふか》く、何《なん》となく深山《みやま》のようでしたが、花《はな》や紅葉《もみじ》の季節《きせつ》には、まわりの山辺《やまべ》も問題《もんだい》にならないほどすばらしい景色《けしき》で、それを見慣《みな》れていたのでした。それなのに、今回《こんかい》の家《いえ》ときたら、くらべようもなく狭《せま》い所《ところ》で、庭《にわ》と呼《よ》べるほどの広《ひろ》さもなく、木立《こだち》なんかもないので、幻滅《げんめつ》です。向《む》かい側《がわ》の家《いえ》は、白梅《はくばい》や紅梅《こうばい》などが咲《さ》き乱《みだ》れ、風《かぜ》につれて、その香《かお》りもかぐわしく漂《ただよ》ってくるのですが、それにつけても、住《す》みなれたもとの家《いえ》がいつになっても思《おも》い出《だ》されてならないのです。

「梅《うめ》の香《かお》りを運《はこ》んでくる隣《となり》からの風《かぜ》をしみじみと味《あじ》わうにつけても、住《す》みなれたもとの家《いえ》の軒端《のきば》の梅《うめ》が、恋《こい》しくて恋《こい》しくて……」

と詠《よ》みました。


❖そのかへる年《とし》、四月《うづき》の夜中《よなか》ばかりに火《ひ》の事《こと》ありて、大納言殿《だいなごんどの》の姫君《ひめぎみ》と思《おも》ひかしづきし猫《ねこ》も焼《や》けぬ。「大納言殿《だいなごんどの》の姫君《ひめぎみ》」と呼《よ》びしかば、聞《き》き知《し》り顔《がほ》に鳴《な》きて歩《あゆ》み来《き》などせしかば、父《てて》なりし人《ひと》も、「めづらかにあはれなることなり。大納言《だいなごん》に申《まう》さむ」などありしほどに、いみじうあはれにくちをしくおぼゆ。

ひろびろともの深《ふか》き深山《みやま》のやうにはありながら、花紅葉《はなもみぢ》のをりは、四方《よも》の山辺《やまべ》も

何《なに》ならぬを見《み》ならひたるに、たとしへなくせばき所《ところ》の、庭《には》のほどもなく、木《き》なども
なきに、いと心憂《こころう》きに、向《む》かひなる所《ところ》に、梅《むめ》、紅梅《こうばい》など咲《さ》き乱《みだ》れて、風《かぜ》につけて、
かがえ来《く》るにつけても、住《す》み馴《な》れしふるさと限《かぎ》りなく思《おも》ひ出《い》でらる。
にほひくる隣《となり》の風《かぜ》を身《み》にしめてありし軒端《のきば》の梅《むめ》ぞ恋《こひ》しき

✿大変なでき事が起きてしまいました。火事で家が焼けてしまったのです。あんなにかわいがっていた猫も、かわいそうに焼死してしまいました。

「大納言《だいなごん》様の姫君」と呼ぶと自分の名前がわかっているように、鳴きながらスッと側に寄ってきたのに……。つらくて、悲しくてやりきれません。いつの時代でも、かわいがっているペットが亡くなるのは、飼い主にとって、いたたまれないでき事ですね。

火事があったので引っ越しをしたのですが、そこは狭い所でした。前のお邸の、木が多くこんもりした庭が気に入っていた孝標《たかすえ》の娘はがっかりしています。隣の梅の香りが漂《ただよ》ってきても、思い出すのは前の家のことばかり……。

◈つらすぎる姉《あね》の死《し》〈二六段〉

その年《とし》の五月《ごがつ》の初《はじ》めに、姉《あね》が子《こ》どもを産《う》んで、亡《な》くなってしまったのです。

他人《たにん》のことだって、人《ひと》の亡《な》くなることは、小《ちい》さいころから「ひどくつらいことだわ」と思《おも》い続《つづ》けてきたのに、まして、肉親《にくしん》の姉《あね》を亡《な》くした苦《くる》しみは、何《なん》とも言《い》いようがなく、「やりきれない、悲《かな》しい」と胸《むね》が張《は》り裂《さ》けるばかりです。

母《はは》などは皆《みな》と一緒《いっしょ》に、姉《あね》の亡《な》くなった部屋《へや》に詰《つ》めているので、私《わたし》は形見《かたみ》となって取《と》り残《のこ》された幼《おさな》い子《こ》どもたちを、自分《じぶん》の両側《りょうがわ》に寝《ね》かせていると、荒《あ》れた板屋根《いたやね》のすきまから、月《つき》の光《ひかり》が漏《も》れてきて、幼《おさな》い子《こ》の顔《かお》にあたってしまいました。それがひどく不吉《ふきつ》に思《おも》われたので、この子《こ》の顔《かお》を袖《そで》で覆《おお》って隠《かく》し、もう一人《ひとり》も自分《じぶん》の方《ほう》に、ぎゅっと抱《だ》き寄《よ》せて、この子《こ》たちの将《しょう》来《らい》など、いろいろなことを考《かんが》えてしまうのは、ひどくつらくて、やりきれない気持《きも》ちです。

❖その五月《さつき》のついたちに、姉《あね》なる人《ひと》、子生《こう》みて亡《な》くなりぬ。よそのことだに、幼《をさな》くより「いみじくあはれ」と思《おも》ひわたるに、まして言《い》はむかたなく、「あはれ悲《かな》し」と思《おも》ひ嘆《なげ》かる。母《はは》などは皆《みな》亡くなりたる方《かた》にあるに、形見《かたみ》にとまりたる幼《をさな》き人々《ひとびと》を左右《さう》に臥《ふ》せたるに、荒《あ》れたる板屋《いたや》のひまより月《つき》のもり来《き》て、児《ちご》の顔《かほ》にあたりたるが、いとゆゆしくおぼゆれば、袖《そで》をうちおほひて、いま一人《ひとり》をもかき寄《よ》せて、思《おも》ふぞいみじきや。

✻火事と猫の死に引き続いて、とんでもなく悲惨な事が起きてしまいました。姉が亡くなってしまったのです。小さいころから人の亡くなるのを悲しんできたのに（乳母《めのと》や大納言《だいなごん》の姫君）、今度はよりによって仲良しの姉が空の彼方《かなた》に旅立ってしまったのです。孝標《たかすえ》の娘に物語のすばらしさを教えてくれた姉、一緒に猫をかわいがってくれた

姉……。そんな姉が亡くなって、彼女は悲しみという沼に沈んでいます。彼女は、姉の子どもたちを自分の両側に寝かせながら、不安と悲しみで、どうしていいかわからなくなってしまいました。

なお、「月の光」が顔にあたるのは不吉、というのは当時の慣習で、『竹取《たけとり》物語』、『源氏《げんじ》物語』にも出てきます。

◈恋人登場《こいびととうじよう》か――東山《ひがしやま》で水《みず》を飲《の》んだ二人《ふたり》――〈二九段〉

（東山《ひがしやま》は）霊山《りようぜん》（正法寺《しようぼうじ》）に近《ちか》い所《ところ》なので、参拝《さんぱい》しましたが、山道《やまみち》がとてもつらかったので、山寺《やまでら》にある石《いし》の井戸《いど》に立《た》ち寄《よ》って、その水《みず》を手《て》に掬《すく》っては飲《の》んでいました。すると、「ここの水《みず》はおいしくて、いくら飲《の》んでも飽《あ》きない気《き》がする」という人《ひと》がいます。だから、私《わたし》は、「今《いま》はじめてわかったのですか。奥山《おくやま》の石《いし》の間《あいだ》から湧《わ》き出《だ》す水《みず》を手《て》で掬《すく》って飲《の》むと飽《あ》きない、ということを。有名《ゆうめい》な昔《むかし》の歌《うた》があるのに……」と詠《よ》みかけました。そうしたらまた、水《みず》を飲《の》んでいる人《ひと》が、「昔《むかし》の歌《うた》にある『山《やま》の井《ゐ》のしづくににごる水《みづ》』よりも、こっちの水《みず》の方《ほう》が、もっと飽《あ》きないでおいしい気《き》がする」と返事《へんじ》をしたのです。

家《いえ》に帰《かえ》ってきて、夕日《ゆうひ》があかあかと照《て》り映《は》え、都《みやこ》の方《ほう》もすっかり目《め》の下《した》に広《ひろ》がって見《み》えるころ、この、しづくににごる、と詠《よ》んだ人《ひと》は、京《きょう》に戻《もど》るというので、別《わか》れをつらそうにしていました。でも、その翌朝《よくちょう》、ちゃんと歌《うた》を贈《おく》ってくれたのです。
「都《みやこ》に戻《もど》る途中《とちゅう》、西《にし》の山《やま》の端《は》に夕日《ゆうひ》がすっかり沈《しず》んでしまい暗《くら》くなってしまった。だから、あなたのいらっしゃるお住《す》まいのあたりを、心細《こころぼそ》い気持《きも》ちになりながらじっとみつめずにはいられなかったのだよ」

❖霊山近《りやうぜんちか》き所《ところ》なれば、詣《まう》でて拝《をが》みたてまつるに、いと苦《くる》しければ、山寺《やまでら》なる石井《いしゐ》に寄《よ》りて、手《て》にむすびつつ飲《の》みて、「この水《みづ》のあかずおぼゆるかな」と言《い》ふ人《ひと》のあるに、

奥山《おくやま》の石間《いしま》の水《みづ》をむすびあげてあかぬものとは今《いま》のみや知《し》る

と言《い》ひたれば、水飲《みづの》む人《ひと》、

山《やま》の井《ゐ》のしづくににごる水《みづ》よりもこはなほあかぬ心地《ここち》こそすれ

帰《かへ》りて、夕日《ゆふひ》けざやかにさしたるに、都《みやこ》の方《かた》も残《のこ》りなく見《み》やらるるに、このしづくににごる人《ひと》は、京《きやう》に帰《かへ》るとて、心苦《こころぐる》しげに思《おも》ひて、またつとめて、
　山《やま》の端《は》に入日《いりひ》の影《かげ》は入《い》りはてて心《こころ》ぼそくぞながめやられし

✤今、彼女は山里の東山にいます。そこで東山にある霊山《りようぜん》にお参りに行くこととなりました。ここの湧《わ》き水の贈答歌には何だか恋の雰囲気が濃厚に漂《ただよ》っています。それは、「むすぶ手の雫《しづく》ににごる山の井《ゐ》のあかでも人に別れぬるかな」（水を掬《すく》って飲むと雫《しずく》で濁《にご》ってしまう山の清水。もっと飲みたくても飲み足りないな。この不満と同じように、満ち足りないまま人と別れてしまった）という歌が下敷きになっているからなのです（『古今和歌《こきんわか》集《しゆう》』紀貫之《きのつらゆき》）。

　旅の途中に、たまたま知り合った人（女性）と別れた時に詠んだものなのですね。旅先なのでちょっとしか触れ合うことができない。その不満な気持ちと水が濁ってしまって飲めなくなる状態がイメージとしてバッチリ重なっているのです。

　この歌を「孝標《たかすえ》の娘」と「水を飲んでいる人」との贈答にオーバーラップさせると、何だか怪しげな恋の気配。まず、相手が「この水はいくら飲んでも飲み飽きないね」

と言ったのに対して「今ごろ飽きないなんて気付いたんですか。有名な昔の歌にもあるのに」と孝標《たかすえ》の娘が歌で反撃しました。彼女の歌には、水の味を誉《ほ》めると同時に「二人で飲んでいるといつまでも飽きない清水」という意味が込められています。そうすると相手も、「昔の歌に出てくる清水なんかより、ずっとこっちの方（あなたと一緒にいるこの清水の方）が飽きないよ」と答えたのでした。

この人は、都（京都）に戻るのもつらそうで、翌朝、熱い思いが滲《にじ》み出てくるような歌を贈ってきてくれたのです。孝標の娘はこの時十八歳。

◆将来《しょうらい》の夢《ゆめ》はなんといっても浮舟《うきふね》の女君《おんなぎみ》〈三七段〉

　こんなふうに、つまらないこと（物語《ものがたり》のこと）を思《おも》い続《つづ》けることだけを仕事《しごと》のようにして、たまに物詣《ものもう》でなんかをしても、人並《ひとな》みになろうとしっかりお祈《いの》りをする気《き》にもならないのです。

　近《ちか》ごろの世間《せけん》の人々《ひとびと》は十七《じゅうしち》、八歳《はっさい》からお経《きょう》を読《よ》んだり、仏道《ぶつどう》のお勤《つと》めをしたりするようですが、そんなことは考《かんが》えつきません。せいぜい思《おも》いつくことといえば、

「とても身分《みぶん》が高《たか》く、顔《かお》や姿《すがた》が物語《ものがたり》に出《で》てくる光源氏様《ひかるげんじさま》のようでいらっしゃるすてきな男性《だんせい》を、一年《いちねん》にたった一回《いっかい》だけでもいいから、通《かよ》っていただけるようにしたいわ。まるで浮舟《うきふね》の女君《おんなぎみ》のように、山里《やまざと》にひっそりと隠《かく》し置《お》かれて、花《はな》、紅葉《もみじ》、月《つき》、雪《ゆき》を眺《なが》めながら、しんみりと心細《こころぼそ》く毎日《まいにち》を暮《く》らし、すばらしいお手紙《てがみ》などが時々《ときどき》届《とど》けられるのを待《ま》ち受《う》けて読《よ》んだりして

……」
と、こんなことばかりを空想《くうそう》し、それが、将来《しょうらい》の夢《ゆめ》だと本気《ほんき》で思《おも》い込《こ》んでいたのです。

❖かやうにそこはかなきことを思《おも》ひつづくるを役《やく》にて、物詣《ものまう》でをわづかにしても、はかばかしく、人《ひと》のやうならむとも念《ねん》ぜられず。このごろの世《よ》の人《ひと》は十七八《とをあまりななつやつ》よりこそ経《きやう》よみ、行《おこな》ひもすれ、さること思《おも》ひかけられず。からうじて思《おも》ひよることは、「いみじくやむごとなく、かたち有様《ありさま》、物語《ものがたり》にある光源氏《ひかるげんじ》などのやうにおはせむ人《ひと》を、年《とし》に一《ひと》たびにても通《かよ》はしたてまつりて、浮舟《うきふね》の女君《をんなぎみ》のやうに山里《やまざと》に隠《かく》し据《す》ゑられて、花《はな》、紅葉《もみぢ》、月《つき》、雪《ゆき》をながめて、いと心《こころ》ぼそげにて、めでたからむ御文《おほんふみ》などを時々《ときどき》待《ま》ち見《み》などこそせめ」とばかり思《おも》ひ続《つづ》け、あらましごとにもおぼえけり。

✻物語に没頭する孝標《たかすえ》の娘。彼女は物詣《ものもう》でに行ってもまじめに祈らず、皆がする仏道のお勤め（お経を読むこと）もしません。物詣でというのは、お寺や神社にお参りに行くことです。当時の女性たちは、数日かけて、よく物詣でに出かけました。じっとしている日常生活のなかで、外出できる物詣では、女性たちのレクリエーションでもあったのです。でも、彼女は、物詣でをしてもしっかりお祈りもせず、世間並みの勤行《ごんぎょう》もせず、不信心のまま、ただただ物語の世界に浸《ひた》っています。光源氏《ひかるげんじ》は男性としての憧《あこが》れ、浮舟《うきふね》（一段—①のコラム参照、一三頁）は女性としての憧れの対象です。浮舟のように、男性から隠されて、「花、紅葉、月、雪」といった自然に浸《ひた》りながら、そして時々来るお手紙を待ちながら、ひそやかに暮らすという生活。それが、孝標《たかすえ》の娘の理想とする生活です。とってもロマンチック。

硯を挟んで向き合う匂宮《におうみや》と浮舟《うきふね》
（『絵入源氏物語』）

◆父《ちち》とのつらいお別《わか》れ〈三九段〉

七月十三日《しちがつじゅうさんにち》に、父《ちち》は任地《にんち》の常陸《ひたち》（茨城県《いばらきけん》）に下《くだ》ります。出発《しゅっぱつ》の五日前《いつかまえ》となっては、私《わたし》と顔《かお》を合《あ》わせるのもかえってつらいようで、私《わたし》の部屋《へや》にも入《はい》ってきません。まして、当日《とうじつ》はひどくごたごたしていて、いよいよ出発《しゅっぱつ》の時刻《じこく》になってしまいました。もう本当《ほんとう》にお別《わか》れということで、父《ちち》は私《わたし》の部《へ》屋《や》の簾《すだれ》を引《ひ》き上《あ》げ、顔《かお》を見合《みあ》わせ涙《なみだ》をほろほろと落《お》とし、そのまま出《で》て行《い》ってしまいました。それを見送《みおく》る私《わたし》の気持《きも》ちは、目《め》の前《まえ》が真《ま》っ暗《くら》になるようにつらく、そのまままっぷしてしまったのです。そうこうしているうちに、都《みやこ》に留《とど》まる下男《げなん》が、途中《とちゅう》まで見送《みおく》りをして帰《かえ》って来《き》たのですが、父《ちち》がその人《ひと》に託《たく》した懐紙《かいし》には歌《うた》が書《か》いてありました。

「願《ねが》い事《ごと》が自分《じぶん》の望《のぞ》みどおりに実現《じつげん》できる身《み》であったら、この秋《あき》の別《わか》れをしみじみと味《あじ》わうことができただろうに。不本意《ふほんい》な出発《しゅっぱつ》に、そのような余《よ》裕《ゆう》は失《な》くなってしまった」
とだけ書《か》かれているのも、涙《なみだ》で目《め》がくもり、最後《さいご》まで読《よ》むことができません。普通《ふつう》の時《とき》だったら、腰折《こしお》れ歌《うた》のようなへたな歌《うた》でも心《こころ》に浮《う》かぶのですが、今《いま》は、何《なん》と言《い》っていいかわからずに、

「こんなことは今《いま》まで全《まった》く思《おも》ったこともありませんでした。この世《よ》でほんのしばらくでも、父君《ちちぎみ》とお別《わか》れしようとは……」
と、その時《とき》は無我夢中《むがむちゅう》で書《か》いたのでしょうか。はっきりと覚《おぼ》えてはいません。

今《いま》まで父《ちち》がいたころも、訪《おとず》れて来《く》る人《ひと》は少《すく》なかったのですが、父《ちち》がいなくなってからますます人《ひと》けもなくなり、さびしく心細《こころぼそ》い気持《きも》ちで外《そと》を眺《なが》めながら、「いったい父君《ちちぎみ》はどの辺《あたり》にいるのかしら」と明《あ》けても暮《く》れても父《ちち》のことへと思《おも》いが飛《と》んでいくのでした。東国《とうごく》への道中《どうちゅう》の様子《ようす》も知《し》っていたので、遥《はる》か遠《とお》くへ離《はな》れていく父《ちち》が、恋《こい》しくてさびしくてしかたありません。

夜《よる》が明《あ》けてから日《ひ》が暮《く》れるまで、父《ちち》の去《さ》っていった東《ひがし》の山際《やまぎわ》をぼんやりと

眺《なが》めて過《す》ごしています。

❖七月十三日《ふみづきとをかあまりみか》に下《くだ》る。五日《いつか》かねては、見《み》むもなかなかなべければ、内《うち》にも入《い》らず。まいて、その日《ひ》はたち騒《さわ》ぎて、時《とき》なりぬれば、今《いま》はとて簾《すだれ》を引《ひ》き上《あ》げて、うち見《み》あはせて涙《なみだ》をほろほろと落《お》として、やがて出《い》でぬるを見送《みおく》る心地《ここち》、目《め》もくれまどひて、やがて臥《ふ》されぬるに、とまるをのこの送《おく》りして帰《かへ》るに、懐紙《ふところがみ》に、

思《おも》ふこと心《こころ》にかなふ身《み》なりせば秋《あき》の別《わか》れを深《ふか》く知《し》らまし

とばかり書《か》かれたるをも、え見《み》やられず。事《こと》よろしき時《とき》こそ腰折《こしを》れかかりたることも思《おも》ひつづけけれ、ともかくも言《い》ふべきかたもおぼえぬままに、

かけてこそ思《おも》はざりしかこの世《よ》にてしばしも君《きみ》に別《わか》るべしとは

とや書《か》かれにけむ。

いとど人《ひと》めも見《み》えず、さびしく心《こころ》ぼそくうちながめつつ、「いづこばかり」と明《あ》け暮《く》れ思《おも》ひやる。道《みち》のほども知《し》りにしかば、はるかに恋《こひ》しく心《こころ》ぼそきことかぎりな

し。明《あ》くるより暮《く》るるまで、東《ひむがし》の山際《やまぎは》をながめて過《す》ぐす。

✲父は上総《かずさ》の国（千葉県中央部）から戻って十年以上無職でした。ようやく、六十歳で、常陸《ひたち》（茨城県）の介《すけ》（地方官の次官《じかん》）になったのです。父は娘のことを考え、単身赴《ふ》任《にん》。でも父の孝標《たかすえ》は老齢なので、もうこれが永遠のお別れになるかもしれない……。もう二度と再び父と娘は、生きて会うことができないかもしれないのです。それはつらすぎるでき事でした。

いよいよ出発の時になって、父はようやく娘の部屋に入り、ボロボロ泣いて何も言わずに出て行ってしまいました。

「腰折《こしお》れ歌」というのは「五・七・五・七・七」の真ん中の「五」の所で内容が切れてしまう歌のこと。転じて「へたな歌」を指します。ここではその「へたな歌」すらあまりにも深い悲しみで、なかなか思い浮かばなかったのでした。

父が出発してからというもの、彼女は一日中東の山際《やまぎわ》を眺《なが》めてばかりいました。その東の彼方《かなた》には、あの、やさしい父親がいるのです。

◆「子《こ》忍《しの》びの森《もり》」という悲《かな》しい地名《ちめい》〈四二段〉

東国《とうごく》から使《つか》いがやって来《き》ました。父《ちち》の手紙《てがみ》に「神拝《じんぱい》ということをして常陸《ひたち》の国《くに》（茨城県《いばらきけん》）のなかを回《まわ》ったら、川《かわ》の水《みず》がきれいに流《なが》れている野原《のはら》がはるばると広《ひろ》がり、そこには森《もり》があって、ここはすばらしい所《ところ》だなあ、こんなみごとな景色《けしき》をあなたに見《み》せてやれないのがくやしいなあ、と真《ま》っ先《さき》にあなたのことを思《おも》い出《だ》したのだよ。『ここは何《なん》という所《ところ》かね』と尋《たず》ねると、なんと『子《こ》忍《しの》びの森《もり》（茨城県笠間市《いばらきけんかさまし》）と申《もう》します』と答《こた》えたのだ。それが我《わ》が身《み》につまされてひどく悲《かな》しくなり、馬《うま》から下《お》りて、ずいぶんと長《なが》い間《あいだ》（「二時《ふたとき》」は長時間《ちょうじかん》を示《しめ》す）ぼんやりと、やりきれない気持《きも》ちでいたのだよ。

この森《もり》も自分《じぶん》の子《こ》どもをよそに残《のこ》して、私《わたし》のように身《み》を切《き》るような物《もの》思《おも》いを続《つづ》けたのだろうか。見《み》るだけでも悲《かな》しくなる子《こ》忍《しの》びの森《もり》よ。

とたまらない思《おも》いだったのだ」と書《か》かれているのを見《み》る私《わたし》のせつない気持《きも》ちは、いうまでもありません。返事《へんじ》には、次《つぎ》のように書《か》きました。「子忍《こしの》びの森《もり》のお話《はなし》を聞《き》くにつけても、私《わたし》を都《みやこ》に残《のこ》したまま秩父《ちちぶ》の山《やま》の彼方《かなた》、遠《とお》い遠《とお》い東国《とうごく》に行《い》かれた父君《ちちぎみ》のことを恨《うら》めしく思《おも》います」

❖あづまより人《ひと》来たり。「神拝《じんぱい》といふわざして国《くに》のうち歩《あり》きしに、水《みづ》をかしく流《なが》れたる野《の》の、はるばるとあるに、木《こ》むらのある、をかしき所《ところ》かな、見《み》せで、とまづ思《おも》ひ出《い》でて、『ここはいづことか言《い》ふ』と問《と》へば、『子《こ》しのびの森《もり》となむ申《まう》す』と答《こた》へたりしが、身《み》によそへられていみじく悲《かな》しかりしかば、馬《むま》よりおりて、そこに二時《ふたとき》なむながめられし。

とどめおきてわがごとものや思《おも》ひけむ見《み》るにかなしき子《こ》しのびの森《もり》となむおぼえし」とあるを見《み》る心地《ここち》、言《い》へばさらなり。返《かへ》りごとに、

子《こ》しのびを聞《き》くにつけてもとどめ置《お》きし秩父《ちちぶ》の山《やま》のつらきあづま路《ぢ》

✱「神拝《じんぱい》」というのは、新しい国司《こくし》（地方官）が、その国の神社に初めて参拝することです。父は新顔の地方官として、常陸《ひたち》の国（茨城県）を巡りました。そこですばらしい風景を目にするのです。娘にそこを見せてあげられないことを父は嘆きます。その地名は、なんと「子忍びの森」という名前……。

「子忍びの森」の贈答歌は、山を越えて、親子の思いがこだまのように響き合っていますね。

◆清水《きよみず》の夢《ゆめ》は叱《しか》られる夢《ゆめ》〈四三段〉

　こうして、ぼんやりと考《かんが》えてばかりいる時《とき》に、なぜ私《わたし》は物詣《ものもう》でなんかもしなかったのでしょうか。母《はは》はとんでもなく昔風《むかしふう》の人《ひと》なので、「初瀬《はつせ》（長《は》谷寺《せでら》）詣《もう》でなんかは、ああ物騒《ぶっそう》だこと。奈良坂《ならざか》（奈良市《ならし》の北東《ほくとう》）で人《ひと》にさらわれたりしたらどうしましょう。石山寺《いしやまでら》（滋賀県大津市《しがけんおおつし》）は関山峠《せきやまとうげ》（逢《おう》坂山《さかやま》）を越《こ》えるので、とても恐《こわ》いわ。鞍馬《くらま》（京都市左京区《きょうとしさきょうく》）は、あんな大《たい》変《へん》な山《やま》だし、あなたを連《つ》れて出《で》るなんて、ひどく恐《おそ》ろしいことよ。父君《ちちぎみ》が上京《じょうきょう》してからね、それからね」と、私《わたし》のことなんて構《かま》ってくれない人《ひと》のように、面倒《めんどう》くさがりました。それでもわずかに清水寺《きよみずでら》（京都市東山区《きょうとしひがしやまく》）に連《つ》れて行《い》ってくれて、お籠《こ》もりをしたのです。その時《とき》も、私《わたし》の癖《くせ》として、まじめにお祈《いの》りしなければいけない後《のち》の世《よ》のことなんて、ちっともお祈《いの》り申《もう》し上《あ》げる気《き》になりませんでした。

ちょうどお彼岸《ひがん》のころなので、混《こ》み合《あ》っていてとても騒《さわ》がしく、恐《こわ》いくらいです。つい、少《すこ》しとろとろと寝入《ねい》ってしまうと、――ご仏前《ぶつぜん》の幕《まく》の方《ほう》にある犬防《いぬふせ》ぎの内側《うちがわ》に、青《あお》い織物《おりもの》の衣《ころも》を着《き》て、錦《にしき》を頭《あたま》にも被《かぶ》り、足《あし》にも履《は》いたお坊《ぼう》さんで、別当《べっとう》（寺《てら》の長官《ちょうかん》）と思《おも》われる人《ひと》が私《わたし》の所《ところ》に寄《よ》って来《き》て、「自分《じぶん》の将来《しょうらい》がみじめであることも知《し》らないで、そんなつまらない事《こと》ばかり考《かんが》えおって……」と不機嫌《ふきげん》に言《い》って、幕《まく》の中《なか》に入《はい》ってしまいました――こんな夢《ゆめ》を見《み》て、はっと目《め》が覚《さ》めたのです。でも、「このような夢《ゆめ》を見《み》たのですよ」と人《ひと》に話《はな》すこともなく、また気《き》にもとめないで、お寺《てら》から出《で》て来《き》てしまいました。

❖かうて、つれづれとながむるに、などか物詣《ものまう》でもせざりけむ。母《はは》いみじかりし古《こ》代《だい》の人《ひと》にて、「初瀬《はつせ》には、あなおそろし、奈良坂《ならさか》にて人《ひと》にとられなばいかがせむ。石山《いしやま》、関山越《せきやまこ》えていとおそろし。鞍馬《くらま》は、さる山《やま》、率《ゐ》て出《い》でむいとおそろしや。親《おや》上《のぼ》りて、ともかくも」とさしはなちたる人《ひと》のやうにわづらはしがりて、わづかに清水《きよみづ》に率《ゐ》てこもりたり。それにも例《れい》のくせは、まことしかべいことも思《おも》ひ申《まう》されず。

彼岸《ひがん》のほどにて、いみじう騒《さわ》がしうおそろしきまでおぼえて、うちまどろみ入《い》りたるに、御帳《みちやう》のかたの犬《いぬ》防《ふせ》ぎのうちに、青《あを》き織物《おりもの》の衣《ころも》を着《き》て、錦《にしき》を頭《かしら》にもかづき、足《あし》にもはいたる僧《そう》の、別当《べつたう》とおぼしきが寄《よ》り来《き》て、「行《ゆ》くさきのあはれならむも知《し》らず、さもよしなし事《ごと》をのみ」と、うちむつかりて、御帳《みちやう》のうちに入《い》りぬと見《み》

清水寺（『清水寺縁起』東京国立博物館蔵）

ても、うちおどろきても、「かくなむ見《み》えつる」とも語《かた》らず、心《こころ》にも思《おも》ひとどめでまかでぬ。

✻彼女は物詣《ものもう》でに行きたがっているようですが、母親は恐がって、なかなか連れて行ってくれません。長谷寺《はせでら》、石山寺《いしやまでら》、鞍馬寺《くらまでら》は物詣でのメッカですが、都（京都）から遠いのですね。というわけで、母親はようやく近場《ちかば》の清水寺《きよみずでら》（京都市東山区）に連れて行ってくれました。

そこでの夢に僧が現れました。この僧は、着ている物も最高だし、寺の長官みたいです。そして、「犬防《いぬふせ》ぎ」の内側にいました。「犬防ぎ」というのは、仏堂の仏様がいる所と人々が座る場所との境目にある柵のことです。

その人から彼女は、物語に熱中する生活を続けていると将来はろくなことにならないぞ、と厳しい忠告を受けてしまいました。でも、例によって彼女は、別段耳にもとめない不信心モード。

◆私《わたし》の将来《しょうらい》――初瀬《はつせ》の夢《ゆめ》による明暗《めいあん》のお告《つ》げ――〈四四段〉

母《はは》が直径一尺《ちょっけいいっしゃく》（約三十《やくさんじっ》センチメートル）の鏡《かがみ》を鋳造《ちゅうぞう》させて、自分《じぶん》が私《わたし》のことを連《つ》れて行《い》けない代《か》わりということで、僧《そう》を使者《ししゃ》に立《た》て、初瀬《はつせ》（長谷《はせ》寺《でら》）にお参《まい》りさせるようです。母《はは》は、「三日間《みっかかん》お籠《こ》もりをして、この人《ひと》の将来《しょうらい》がどのようになるのか、あなたの夢《ゆめ》でお示《しめ》し下《くだ》さい」などと言《い》って、僧《そう》を参詣《さんけい》させたみたいです。その間《あいだ》、私《わたし》には精進《しょうじん》をさせているのです。

この僧《そう》が帰《かえ》って来《き》て、「夢《ゆめ》すら見《み》ないで戻《もど》って来《き》てしまうのは、無念《むねん》……。そんなことだと、帰京《ききょう》してもいったい何《なに》をお伝《つた》えすればいいのか、とがんばって礼拝《らいはい》やお勤《つと》めをして寝《ね》ていました。そうしたら、御帳《みちょう》（カーテン）の方《ほう》からとても品《ひん》があって清楚《せいそ》な様子《ようす》の女性《じょせい》で、きちんと装束《しょうぞく》を身《み》に着《つ》けられた方《かた》が、奉納《ほうのう》した鏡《かがみ》を手《て》に持《も》って、『この鏡《かがみ》には、お願《ねが》い事《ごと》が書《か》いた紙《かみ》が添《そ》えられてはいませんでしたか』とお聞《き》きになります。

そこで私《わたし》は畏《かしこ》まって、『そのような紙《かみ》はございませんでした。ただこの鏡《かがみ》を奉納《ほうのう》してくるように、とのことでございました』とお答《こた》え申《もう》し上《あ》げると、『どうも変《へん》なことですね。こういう場合《ばあい》は、お願《ねが》い事《ごと》を書《か》いた紙《かみ》を添《そ》えておくものですが……』とおっしゃいました。そして、『それではこの鏡《かがみ》を――、こちら側《がわ》に映《うつ》っている姿《すがた》をごらんなさい。これを見《み》るとひどく悲《かな》しくなりますね』とおっしゃってさめざめとお泣《な》きになるので、鏡《かがみ》を見《み》ると、倒《たお》れ臥《ふ》して号泣《ごうきゅう》している人影《ひとかげ》が映《うつ》っているのでした。『この姿《すがた》を見《み》るのはやりきれないほど悲《かな》しいことですね。では、またこちらをごらんなさい』とおっしゃって、もう一方《いっぽう》に映《うつ》っている姿《すがた》をお見《み》せになると、そこには青々《あおあお》とした御簾《みす》（ブラインド）が掛《か》けられ、几帳《きちょう》（ついたて）を端《はし》に押《お》し出《だ》した下《した》から、様々《さまざま》な色《いろ》の衣《ころも》がこぼれ出《で》ており、庭《にわ》では梅《うめ》や桜《さくら》が咲《さ》き乱《みだ》れ、鶯《うぐいす》が枝《えだ》から枝《えだ》へと飛《と》び移《うつ》りながら鳴《な》いています。それを見《み》せて、『これを目《め》にするのはうれしいことね』とおっしゃっている――、そんな夢《ゆめ》を見《み》たのです」と母《はは》に報告《ほうこく》したようです。

でも、私《わたし》は自分《じぶん》の将来《しょうらい》のことが、どのように暗示《あんじ》されているのか、そんなことすら気《き》にもとめずに、ちゃんと聞《き》こうともしなかったのです。

鏡の裏

❖母《はは》、一尺《いっさく》の鏡《かがみ》を鋳《い》させて、え率《ゐ》て参《まゐ》らぬ代《か》はりにとて、僧《そう》を出《い》だし立《た》てて初瀬《はつせ》に詣《まう》でさすめり。「三日《みか》さぶらひて、この人《ひと》のあべからむさま、夢《ゆめ》に見《み》せたまへ」など言《い》ひて、詣《まう》でさするなめり。そのほどは精進《さうじ》せさす。

この僧帰《そうかへ》りて、「夢《ゆめ》をだに見《み》で、まかでなむが、本意《ほい》なきこと、いかが帰《かへ》りても申《まう》すべきと、いみじうぬかづき行《おこな》ひて、寝《ね》たりしかば、御帳《みちやう》の方《かた》より、いみじうけだかう清《きよ》げにおはする女《をんな》の、うるはしくさうぞきたまへるが、奉《たてまつ》りし鏡《かがみ》をひきさげて、『この鏡《かがみ》には文《ふみ》や添《そ》ひたりし』と問《と》ひたまへば、かしこまりて、『文《ふみ》もさぶらはざりき。この鏡《かがみ》をなむ奉《たてまつ》れとはべりし』と答《こた》へたてまつれば、『あやしかりけることかな。文添《ふみそ》ふべきものを』とて、『この鏡《かがみ》を、こなたにうつれる影《かげ》を見《み》よ。これ見《み》れば、あはれに悲《かな》しきぞ』とて、さめざめと泣《な》きたまふを、見《み》れば、臥《ふ》しまろび泣《な》き嘆《なげ》きたる影《かげ》うつれり。『この影《かげ》を見《み》れば、いみじう悲《かな》しな。これ見《み》よ』とて、いま片《かた》つ方《かた》にうつれる影《かげ》を見《み》せたまへば、御簾《みす》ども青《あを》やかに、几帳《きちやう》押《お》し出《い》でたる下《した》より、いろいろの衣《きぬ》こぼれ出《い》で、梅桜《むめさくら》咲《さ》きたるに、鶯《うぐひす》、木《こ》づたひ鳴《な》きたるを見《み》せて、『これを見《み》るはうれしな』とのたまふとなむ見《み》えし」と語《かた》るなり。

　いかに見《み》えけるぞとだに耳《みみ》もとどめず。

✲遠出の物詣《ものもう》ではできないので、母親が孝標《たかすえ》の娘の代理として僧を観音様で有名な長《は》谷寺《せでら》に鏡を持たせて行かせました。

　ここに出てくる夢のお告げは明暗がくっきりと分かれているものでした（コラム参照）。一つめに鏡に映ったものは、何だか悲しみにうちのめされている姿。つらい人生が暗示されています。二つめは、光に満ちあふれた場面。庭では花が咲き乱れ、鶯は鳴き、女性たちの様々な衣が御簾《みす》から美しくはみ出しています。こういうのを「出《いだ》衣《ぎぬ》」といいましたが、それはさておき、この場面はゴージャスな雰囲気。宮中《きゅうちゅう》か、もしくはどこか貴人《きじん》の家でしょうか。こちらの方は明るい人生。でも、彼女は将来の夢についても真剣に考えず、聞き流しているだけ。

やっぱりいつもの不信心モード。

★夢《ゆめ》と現実《げんじつ》がドッキング

夢が事実になることを今でも正夢《まさゆめ》といいますね。この時代は現実と夢がもっと今よりもドッキングしていたのです。だから夢を見た時にはその夢が良い夢か悪い夢か、はたまた何を暗示しているのか、占ってもらったのです。それを「夢解《と》き」とか「夢合わせ」とかいいました。夢で自分のことや将来のことまで占うことができたのです。『更級日記』はこの夢関連の記事が十一例も出てくるので有名。誰でも、現実がどうなるか、不安を抱えています。当たっても当たらなくても、ついつい占いを信じたくなりますね。今でも、雑誌の裏についている占いの欄《らん》をじっとみつめている女性たちがたくさんいます。ただ雑誌によって運勢が違っているのが困りものなのですが……。

◆アマテラスも祈《いの》らないで……〈四五段〉

こんな浮《う》わついた私《わたし》にも、常《つね》に「天照大神《あまてらすおおみかみ》をお祈《いの》り申《もう》し上《あ》げなさい」と勧《すす》める人《ひと》がいました。「いったいどこにいらっしゃる神様《かみさま》なのかしら、それとも仏様《ほとけさま》なのかしら」などとまるで何《なに》も知《し》らない状態《じょうたい》だったのですが、そうはいうものの、だんだんと解《わか》るようになってきて、人《ひと》に尋《たず》ねてみると、「神様《かみさま》でいらっしゃいます。伊勢《いせ》（三重県《みえけん》）に住《す》んでおいでです。紀伊《きい》の国《くに》（和歌山県《わかやまけん》と三重県《みえけん》の一部《いちぶ》）にいる紀《き》の国 造《くにのみやつこ》と申《もう》す人《ひと》が祀《まつ》っているのも、この神様《かみさま》です。そしてまた、内侍所《ないしどころ》（宮中《きゅうちゅう》で神鏡《しんきょう》を守《まも》っている所《ところ》）に守宮神《すくじん》（宮殿《きゅうでん》や官庁《かんちょう》を守護《しゅご》するという神《かみ》）としていらっしゃるのです」と説明《せつめい》してくれます。

だけど、伊勢《いせ》の国《くに》までお参《まい》りに出《で》かけて行《い》くことなんて、全《まった》く思《おも》いも寄《よ》らないことです。また、内侍所《ないしどころ》にも、いったい私《わたし》なんかがどうやって参拝《さんぱい》に上《あ》がれるというのでしょう。「せいぜい空《そら》の太陽《たいよう》でも拝《おが》み申《もう》すのが、私《わたし》にはふさわしいのだわ」などと軽薄《けいはく》な気持《きも》ちでいたのです。

❖ものはかなき心《こころ》にも、つねに、「天照《あまてる》御神《おほんかみ》を念《ねん》じ申《まう》せ」と言《い》ふ人《ひと》あり。「いづこにおはします神仏《かみほとけ》にかは」など、さは言《い》へど、やうやう思《おも》ひわかれて、人《ひと》に問《と》へば、「神《かみ》におはします。伊勢《いせ》におはします。紀伊《き》の国《くに》に、紀《き》の国造《くにのみやつこ》と申《まう》すはこの御神《おほんかみ》なり。さては内侍所《ないしどころ》に、すくう神《じん》となむおはします」と言《い》ふ。伊勢《いせ》の国《くに》までは、思《おも》ひかくべきにもあらざなり。内侍所《ないしどころ》にも、いかでかは参《まゐ》り拝《をが》みたてま

アマテラスを祀《まつ》る伊勢神宮内宮《ないくう》

つらむ。「空《そら》の光《ひかり》を念《ねん》じ申《まう》すべきにこそは」など、浮《う》きておぼゆ。

✲「紀《き》の国 造《くにのみやつこ》」の「国造」は大化《たいか》の改新《かいしん》前の地方官をさします。簡単にいうと、紀伊の国（和歌山県と三重県の一部）で代々この家がアマテラスを祀《まつ》っていたということです（日前神宮《ひのくまじんぐう》・國懸神宮《くにかかすじんぐう》）。それから「宮中《きゆうちゆう》の内侍所《ないしどころ》」にはアマテラスの魂といわれる神鏡《しんきよう》が祀られています。

でも、孝標《たかすえ》の娘は場所がわかったところで、そんな所に行けるわけもない、そしてアマテラスは日の神様なので、自分には太陽を拝むのがふさわしい、などと思って例によって取り合いません。

◆母《はは》は出家《しゅっけ》、父《ちち》は引退《いんたい》、そして私《わたし》は宮仕《みやづか》え〈四九段〉

十月《じゅうがつ》になって、都《みやこ》に（西山《にしやま》から）転居《てんきょ》します。そして、母《はは》は尼《あま》になって、同《おな》じ家《いえ》の中《なか》ですけれど、別《べつ》の所《ところ》に離《はな》れて住《す》んでいます。父《ちち》は、ただ私《わたし》を一家《いっか》の主婦《しゅふ》の立場《たちば》に置《お》いて、自分《じぶん》は世間《せけん》とのお付《つ》き合《あ》いもしないで、私《わたし》の陰《かげ》に隠《かく》れたようにひっそりと暮《く》らしています。そんな父《ちち》の様子《ようす》を見《み》るにつけても、頼《たよ》りなく心細《こころぼそ》く感《かん》じていると、ちょうど私《わたし》のことをご存《ぞん》じでいらっしゃる縁故《えんこ》のある所《ところ》（祐子内親王家《ゆうしないしんのうけ》）から、「何《なに》もすることがなく、暇《ひま》をもてあましている心細《こころぼそ》い生活《せいかつ》よりは、宮仕《みやづか》えをしたらいかがですか」とお呼《よ》びがかかりました。古《ふる》くさい価値観《かちかん》しか持《も》っていない親《おや》は、「宮仕人《みやづかえびと》というのは、ひどくいやな職業《しょくぎょう》だ」と思《おも》って、そのまま私《わたし》のことを家《いえ》に閉《と》じ込《こ》めていたのです。でも、「今《いま》の世間《せけん》の人々《ひとびと》は、誰《だれ》でも進《すす》んで宮仕《みやづか》えに出《で》るのですよ。また、そうすることによって、自然《しぜん》と幸運《こううん》が手《て》に入《はい》る例《れい》もあるのです。そうしてごらんなさい」と勧《すす》める人《ひと》たちがいて、父《ちち》は、しぶしぶでしたが、私《わたし》は宮仕《みやづか》えに出《だ》されたのでした。

❖十月《かみなづき》になりて京《きやう》にうつろふ。母《はは》、尼《あま》になりて、同《おな》じ家《いへ》の内《うち》なれど、方《かた》ことに住《す》みはなれてあり。

父《てて》は、ただわれをおとなにし据《す》ゑて、われは世《よ》にも出《い》で交《まじ》らはず、かげに隠《かく》れたらむやうにてゐたるを見《み》るも、頼《たの》もしげなく、心《こころ》ぼそくおぼゆるに、きこしめすゆかりある所《ところ》に、「なにとなくつれづれに心《こころ》ぼそくてあらむよりは」と召《め》すを、古代《こだい》の親《おや》は、「宮仕《みやづか》へ人《びと》はいと憂《う》きことなり」と思《おも》ひて、過《す》ぐさするを、「今《いま》の世《よ》の人《ひと》は、さのみこそは出《い》でたて。さてもおのづからよきためしもあり。さてもこころみよ」と言《い》ふ人々《ひとびと》ありて、しぶしぶに出《い》だしたてらる。

✻とうとう父が戻り西山で感激の対面がありました。現在は、西山から都の家に移ってきています。ところが、ここで家族のあり方に変化が起きてしまいました。父は引退、そして母は尼になってしまったのです。でも、尼といっても、お寺に入ることではありません。世間の雑事から離れて家の別室で仏道にはげむことなのです。髪の毛も完全に剃《そ》るわけではなく、肩のあたりで切り揃《そろ》えました。これを「尼そぎ」といいました。孝標《たかすえ》の娘は、一家の主婦として両親の面倒をみたり、亡くなった姉の子どもたちの世話を引き受けたりしていました。そんな彼女に「宮仕《みやづか》え」のお話が持ち上がったのです。

宮仕えというのは宮中《きゅうちゅう》に出ることや、貴人《きじん》に仕えることで「仕事を持つ」ということです。家に閉じ籠《こ》もるのが王朝女性の普通の生活だったので、外に出るのは今と違って大変でした。このキャリアウーマンの代表者、清少納言《せいしょうなごん》の書いた『枕草子《まくらのそうし》』のなかでも「宮仕えする女性はすれっからしになって……」（二一段）などという言葉が出てきます（清少納言はこの言葉にカッカと怒っていますが）。

だから、古い考えの親、そして孝標《たかすえ》の娘を頼りっきりの父はなかなか許可を出してくれなかったのです。それでも、ようやく勧めてくれる人がいて、彼女は、二歳の祐《ゆう》子内《し》親王の所にお勤めに行くこととなりました。

◆初出勤《はつしゅっきん》に、ただただ緊張《きんちょう》〈五〇段〉

とりあえず、一晩《ひとばん》だけ顔見《かおみ》せに参上《さんじょう》します。菊襲《きくがさね》で、濃《こ》いのや薄《うす》いのを取《と》りまぜた袿《うちき》を八枚《はちまい》ばかり重《かさ》ねて、その上《うえ》に、紅《くれない》の濃《こ》い掻練《かいねり》（練《ね》ってやわらかくした絹《きぬ》）の表着《うわぎ》を着《き》ました。あれほど物語《ものがたり》ばかりに熱中《ねっちゅう》して、物語《ものがたり》を読《よ》むより他《ほか》に、行《い》き来《き》する親類《しんるい》や縁者《えんじゃ》だって特別《とくべつ》にいるわけではなく、古風《こふう》な親《おや》たちの陰《かげ》ばかりにいて、月《つき》や花《はな》を見《み》るより他《ほか》のことをしたことがない暮《く》らしに慣《な》れている私《わたし》。そんな私《わたし》が、こんな晴《は》れがましい所《ところ》に出《で》て行《い》く時《とき》の気分《きぶん》といったら、何《なに》が何《なん》だかわからないまま、すべてが、現実《げんじつ》のこととも思《おも》えないのです。だから、明《あ》け方《がた》には退出《たいしゅつ》してしまいました。

ずっと家《いえ》にいて所帯《しょたい》じみてしまった私《わたし》の心《こころ》のなかでは、「かえって単調《たんちょう》な変化《へんか》のない家庭生活《かていせいかつ》よりは、おもしろいことを見《み》たり聞《き》いたりして、気分転換《ぶんてんかん》になるのではないかしら」と考《かんが》える時《とき》もしばしばありました。でも、

「実際《じっさい》は、ひどくみっともなく、悲《かな》しくなってしまうようなこともあるみたいだわ」と思《おも》ったりするのですが、今《いま》さらどうしようもありません。

❖まづ一夜《ひとよ》参《まゐ》る。菊《きく》の濃《こ》く薄《うす》き八《や》つばかりに、濃《こ》き掻練《かいねり》を上《うへ》に着《き》たり。さこそ物《もの》語《がたり》にのみ心《こころ》を入《い》れて、それを見《み》るよりほかに、行《ゆ》き通《かよ》ふ類《るい》、親族《しぞく》などだにことになく、古代《こだい》の親《おや》どものかげばかりにて、月《つき》をも花《はな》をも見《み》るよりほかのことはなきならひに、立《た》ち出《い》づるほどの心地《ここち》、あれかにもあらず、うつつともおぼえで、暁《あかつき》にはまかでぬ。

里《さと》びたる心地《ここち》には、「なかなか、定《さだ》まりたらむ里住《さとず》みよりは、をかしきことをも見聞《みき》きて、心《こころ》もなぐさみやせむ」と思《おも》ふをりをりありしを、「いとはしたなく悲《かな》しかるべきことにこそあべかめれ」と思《おも》へど、いかがせむ。

✽いよいよ初出勤。三十二歳の孝標《たかすえ》の娘は緊張しきっています。家に籠《こ》もってばかりの生活からいきなり外の世界に飛び出すのですから、仕方がないですよね。初出勤は

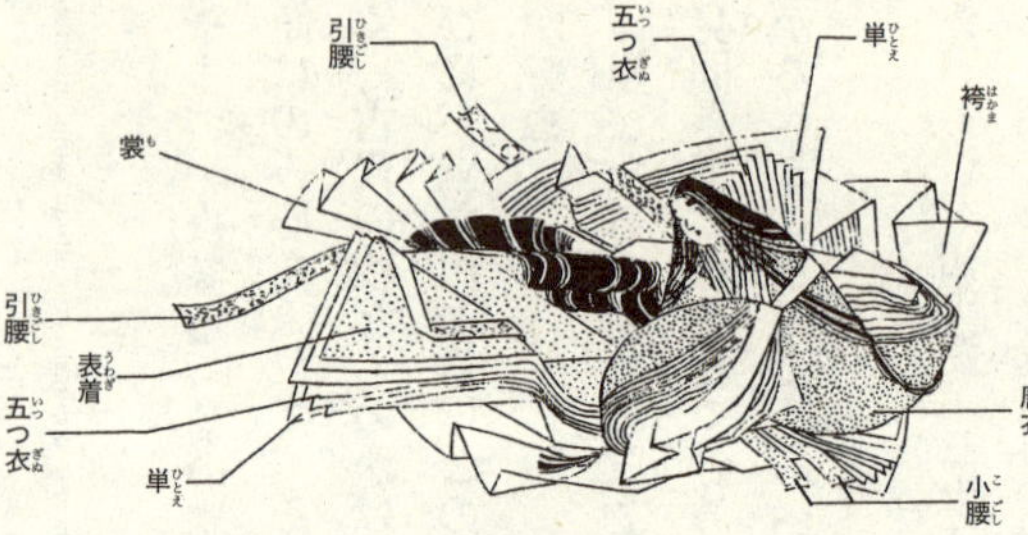

女房の正装

誰でも緊張します。あの清少納言《せいしょうなごん》でさえ「中宮《ちゅうぐう》様(定《てい》子《し》)の所に初めて出勤したころ、恥ずかしいことがたくさんあって涙がこぼれそう……」(一七九段)と『枕草子《まくらのそうし》』のなかで述べているくらいですから……。

それでも彼女はちゃんと菊襲《きくがさね》で正装のおめかしをしていきました。「菊襲」というのは表が白で裏が蘇芳《すおう》色(濃い紅)。「襲《かさね》」というのは、表と裏の色が違うものです。角度によって色が違って見えたりして繊細な色遣い。そのうえこの袿《うちき》が八枚も重なっているのです(後の時代に、袿は五枚限定となった)。ここで「濃いのや薄いの」とありますが、これは同系色のグラデーションです。そして表着《うわぎ》も紅。ということで、「紅」系統でまとめたフォーマルにふさわしい晴れやかなカラー・コーディネイトでした。でも、衣裳《いしょう》は揃《そろ》えたものの、いきなりの職場に慣れず、早退してしまいました。

◆突然《とつぜん》すぎる結婚《けっこん》にガックリ〈五五段〉

　このように宮仕《みやづか》えに出《で》たからには、それなりに宮仕《みやづか》えの生活《せいかつ》にも馴染《なじ》んで、たとえ家《いえ》のことなどに取《と》りまぎれていても、ひねくれ者《もの》というような評判《ひょうばん》が立《た》たないかぎりは、自然《しぜん》と他《ほか》の人《ひと》たちと同《おな》じように目《め》をかけられ、引《ひ》き立《た》ててもいただけたでしょうに。ところが、親《おや》たちもいったいどういう考《かんが》えなのか、まもなく宮仕《みやづか》えを止《や》めさせ、私《わたし》のことを家《いえ》に閉《と》じ込《こ》め結婚《けっこん》させてしまいました。

　ただ、そうしたところで、急《きゅう》に生活《せいかつ》の様子《ようす》が華々《はなばな》しく豊《ゆた》かになる、というわけでもありません。確《たし》かに今《いま》まで思《おも》っていた結婚《けっこん》に対《たい》する思《おも》いは、ひどく軽薄《けいはく》な妄想《もうそう》でしかなかったけれど、それにしても現実《げんじつ》はあまりにも期待《きたい》はずれな有様《ありさま》……。

「何度《なんど》も水辺《みずべ》で芹《せり》を摘《つ》むように、どんなに苦労《くろう》を重《かさ》ねて生《い》きてきたことでしょうか。それなのに、結局思《けつきょくおも》っていたことは何一《なにひと》つ叶《かな》えられませんでした」

というような独《ひと》り言《ごと》ばかりをもらし、そのままあきらめてしまったのです。

❖かう立《た》ち出《い》でぬとならば、さても宮仕《みやづか》への方《かた》にもたち馴《な》れ、世《よ》にまぎれたるも、ねぢけがましきおぼえもなきほどは、おのづから人《ひと》のやうにもおぼしもてなさせたまふやうもあらまし。親《おや》たちも、いと心得《こころえ》ず、ほどもなく籠《こ》め据《す》ゑつ。さりとて、その有様《ありさま》の、たちまちにきらきらしき勢《いきほ》ひなどあんべいやうもなく、いとよしなかりけるすずろ心《ごころ》にても、ことのほかにたがひぬる有様《ありさま》なりかし。幾千《いくち》たび水《みづ》の田芹《たぜり》を摘《つ》みしかは思《おも》ひしことのつゆもかなはぬとばかりひとりごたれてやみぬ。

✽せっかく宮仕《みやづか》えに出たというのに、突如結婚するはめになってしまいました。

孝標《たかすえ》の娘は三十三歳。相手の橘俊通《たちばなのとしみち》は三十九歳。当時としては、彼女の結婚は、かなり晩婚。親が娘の将来を考えてのことだったとは思いますが、あまりにも突然でした。まだまだ彼女は正式な宮仕えに未練があったようなのに……。

歌のなかにある「芹《せり》を摘む」というのは、誠意を尽くしても尽くしても、それが無駄に終わってしまうことに使われる表現です。思ったことは何一つ叶《かな》わない、と絶望的な気持ちになっています。でも、「私は結婚なんかせず、宮仕え一筋でキャリアを目指すのだ」と言って突進し、年老いた親を悲しませるわけにもいきません。親を拒否してまで、宮仕えという仕事だけに将来を託す勇気もないし、かといって現実は夢とあまりにも違いすぎる……。

このようななかで、女性が迷ったり苦しんだりするのは、いつの時代でも変わらないのですね。

芹（『成形図説』）

◆物語《ものがたり》と現実《げんじつ》との落差《らくさ》に愕然《がくぜん》とするものの……〈五六段〉

その後《ご》は、何《なん》となく家事《かじ》などに忙殺《ぼうさつ》されて、物語《ものがたり》のこともすっかり忘《わす》れてしまい、現実的《げんじつてき》でまじめな状態《じょうたい》にだんだんと心《こころ》も落《お》ち着《つ》いてきました。「この長《なが》い年月《としつき》だらだらと暮《く》らしていた間《あいだ》に、なんで仏様《ほとけさま》の道《みち》に励《はげ》むとか、物詣《ものもう》でとかをしなかったのでしょう。だいたい、将来《しょうらい》の結婚《けっこん》に対《たい》してだって、私《わたし》の考《かんが》えていたことは、現実《げんじつ》に叶《かな》えられることだったのかしら。光《ひかる》源氏様《げんじさま》のようにすてきな男性《だんせい》が、いったいこの世《よ》の中《なか》にいらしたのかしら。薫大将様《かおるだいしょうさま》が宇治《うじ》に女性《じょせい》（浮舟《うきふね》）を隠《かく》して住《す》まわせていらっしゃる、なんていうことが実際《じっさい》にはあり得《え》ないのが世《よ》の中《なか》というもの。ああ馬鹿馬鹿《ばかばか》しい。何《なん》と浮《う》わついた気持《きも》ちだったことか」と心《こころ》の底《そこ》から思《おも》うのですが、かといって、本当《ほんとう》にまじめに暮《く》らすのだったらいいのですが、そうでもなく、どっちつかずの状態《じょうたい》なのです。

❖その後《のち》は、なにとなくまぎらはしきに、物語《ものがたり》のこともうち絶《た》え忘《わす》られて、ものまめやかなるさまに心《こころ》もなりはててぞ、「などて、多《おほ》くの年月《としつき》を、いたづらにて臥《ふ》し起《お》きしに、行《おこな》ひをも物詣《ものまう》でをもせざりけむ。このあらましごととても、思《おも》ひしことどもは、この世《よ》にあんべかりけることどもなりや。光源氏《ひかるげんじ》ばかりの人《ひと》はこの世《よ》におはしけりやは。薫大将《かをるだいしやう》の宇治《うぢ》に隠《かく》し据《す》ゑたまふべきもなき世《よ》なり。あなものぐるほし。いかによしなかりける心《こころ》なり」と思《おも》ひしみはてて、まめまめしく過《す》ぐすとならば、さてもありはてず。

✻現実生活に忙しくなったせいか、物語のことも忘れ、心も落ち着いてきました。そして今まで仏様に対して不信心モード（一七段―②、三七段、四三段、四四段）だった態度も、それから非現実的な物語に没頭したこと（一段―①・②、一四段、一七段―①・②、三七段）も後悔しています。光源氏様《ひかるげんじ》なんてこの世にいないし、『源氏《げんじ》物語』の宇治十帖《うじじゆうじよう》に出てくる薫《かおる》に隠される浮舟《うきふね》、なんていうことも現実にない、と言って深く反省しています。

ただ、だからといって百パーセントまじめに暮らすわけでもなく、そういうふうにもなりきれないのです。この最後の部分がポイント。今までのことを心の底から反省しているけれど、だからといって堅実な生活に徹することができない。夢をバッサリあきらめたからといって、なかなか新しい自分にガラッと生まれ変わることなんかできませんね。このように、自分の揺れる気持ちをもう一人の自分がジッとみつめているような所が日記文学の奥深さ。

薫《かおる》と浮舟《うきふね》（『絵入源氏物語』）

◆パートタイムの宮仕《みやづか》え〈五七段—①〉

お仕《つか》え始《はじ》めた宮家《みやけ》（祐子内親王家《ゆうしないしんのうけ》）でも、私《わたし》がこのように家《いえ》に籠《こ》もってしまったことを本気《ほんき》とは思《おも》っていらっしゃらない御様子《ごようす》だ、ということを他《ほか》の女房《にょうぼう》たちも私《わたし》に知《し》らせてくれます。また直接宮家《ちょくせつみやけ》からも、始終私《しじゅうわたし》にお呼《よ》びがかかります。そのうち、特別《とくべつ》なお呼《よ》び出《だ》しがあって、「あなたの家《いえ》の若《わか》い人《ひと》（姪《めい》）を参上《さんじょう》させなさい」とおっしゃるので、断《ことわ》るわけにもいかず、ともかく出仕《しゅっし》（出勤《しゅっきん》）させました。そして、私《わたし》も彼女《かのじょ》に引《ひ》かれて時々《ときどき》参上《さんじょう》するようになったのです。

今回《こんかい》は以前《いぜん》のように、当《あ》てにもならないことを期待《きたい》する傲慢《ごうまん》な気持《きも》ちなんかもすっかり消《き》えていて……、とはいうものの、やっぱり姪《めい》に引《ひ》かれて、時々《ときどき》は顔《かお》を出《だ》しました。そんな場合《ばあい》でも、昔《むかし》からいる女房《にょうぼう》たちは、とりわけ何《なに》につけても馴《な》れきった様子《ようす》ですが、私《わたし》は全《まった》くの新人《しんじん》というわけでもなく、かといって古《ふる》くから居《い》る人《ひと》みたいに立派《りっぱ》な待遇《たいぐう》を受《う》ける人望《じんぼう》もありません。

時々顔《ときどきかお》を出《だ》すといった程度《ていど》のお客様扱《きやくさまあつか》いで、中途半端《ちゆうとはんぱ》な状態《じようたい》ですけれど、今《いま》の私《わたし》は宮仕《みやづか》え一筋《ひとすじ》にがんばる必要《ひつよう》もないので、自分《じぶん》より優位《ゆうい》な立場《たちば》の人《ひと》がいても、別《べつ》にうらやましくも何《なん》ともありません。

❖参《まゐ》りそめし所《ところ》にも、かくかきこもりぬるを、まこととおぼしめしたらぬさまに人々《ひとびと》も告《つ》げ、たえず召《め》しなどするなかにも、わざと召《め》して、また時々出《ときどきい》で立《た》てど、過《す》ぎに「若《わか》い人参《ひとまゐ》らせよ」と仰《おほ》せらるれば、えさらず出《い》だし立《た》つるに引《ひ》かされて、すべきやうもなくて、さすがに若《わか》し方《かた》のやうなるあいなだのみの心《こころ》おごりをだに、すべきやうもなくて、さすがに若《わか》い人《ひと》に引《ひ》かれて、をりをりさし出《い》づるにも、馴《な》れたる人《ひと》は、こよなく、なにごとにつけてもありつき顔《がほ》に、われはいと若人《わかうど》にあるべきにもあらず、またおとなにせらるべきおぼえもなく、時々《ときどき》のまらうとにさし放《はな》たれて、すずろなるやうなれど、ひとへにそなた一《ひと》つを頼《たの》むべきならねば、われよりまさる人《ひと》あるも、うらやましくもあらず。

宮仕えの女房たち（『枕草子絵巻』）

✽亡くなった姉の子どもたちの一人、孝標《たかすえ》の娘が自分の両側に寝かせたりして、面倒を見ていた姪に宮仕《みやづか》えの声がかかりました。彼女は、この姪と一緒にパートタイムのようにしてお勤めに出て行きました。結婚したので、キャリア一筋、といった必要もなく、彼女は万事控《ひか》えめに過ごしています。

◆人間《にんげん》アマテラス〈五七段―②〉

宮様《みやさま》（祐子内親王《ゆうしないしんのう》）が宮中《きゅうちゅう》に参上《さんじょう》なさるお供《とも》として伺《うかが》った時《とき》、有明《ありあけ》の月《つき》がとても明《あか》るく、「私《わたし》が信仰《しんこう》している天照大神様《あまてらすおおみかみさま》はこの宮中《きゅうちゅう》にいらっしゃるそうなので、この機会《きかい》にぜひ拝《おが》み申《もう》し上《あ》げよう」と思《おも》って、四月《しがつ》ごろの月《つき》の明《あか》るく輝《かがや》く夜《よる》に、こっそりと参上《さんじょう》しました。ここ（内侍所《ないしどころ》）を仕切《しき》っている「博士《はかせ》の命婦《みょうぶ》」という人《ひと》に知《し》り合《あ》いのつてがありましたので、その人《ひと》にお目《め》にかかりました。灯籠《とうろう》の火《ひ》がぼんやりとかすかな光《ひかり》を投《な》げかけているなかで、その人《ひと》は、驚《おどろ》くほど年《とし》をとって神々《こうごう》しく、さすがに、とてもよく理解《りかい》できるようにいろいろなことを教《おし》えてくれたのです。その姿《すがた》はこの世《よ》の人《ひと》とも思《おも》われず、神様《かみさま》が出現《しゅつげん》されたのか、と感《かん》じてしまいました。

❖**内裏《うち》の御供《おほんとも》に参《まゐ》りたるをり、有明《ありあけ》の月《つき》いと明《あ》かきに、「わが念《ねん》じ申《まう》す天照御神《あまてるおほんかみ》は**

内裏《うち》にぞおはしますなるかし、かかるをりに参《まゐ》りて拝《をが》みたてまつらむ」と思《おも》ひて、四月《うづき》ばかりの月《つき》の明《あ》かきに、いと忍《しの》びて参《まゐ》りたれば、博士《はかせ》の命婦《みやうぶ》は知《し》るたよりあれば、燈籠《とうろ》の火《ひ》のいとほのかなるに、あさましく老《お》い神《かむ》さびて、さすがにいとようものなど言《い》ひゐたるが、人《ひと》ともおぼえず、神《かみ》のあらはれたまへるかとおぼゆ。

✽彼女は、かつて「内侍所《ないしどころ》」にいると聞いた神様のアマテラスを思い出し（四五段）、こっそり参上しました。そこには「博士《はかせ》の命婦《みょうぶ》」という年配の女性がいて、とても親切にいろいろと教えてくれました。
ぼんやりとした光に浮かび上がる神々しい老女。貫禄《かんろく》があって、まるで、人間アマテラスのよう……。

◆かっこいい男性《だんせい》！　登場《とうじょう》〈六二段―①〉

上達部《かんだちめ》（高級官僚《こうきゅうかんりょう》）や殿上人《てんじょうびと》（昇殿《しょうでん》を許《ゆる》された人《ひと》）などの偉《えら》い人《ひと》たちに対《たい》面《めん》して話《はなし》ができる人《ひと》は、決《き》まっているようなので、私《わたし》のような新参者《しんざんもの》の、里《さと》（実家《じっか》）に戻《もど》りがちな者《もの》は、いるかいないかさえ知《し》られるはずもないのです。

それなのに、十月《じゅうがつ》の初《はじ》めごろの真《ま》っ暗《くら》な夜《よる》、不断経《ふだんぎょう》（経《きょう》を絶《た》え間《ま》なく読《よ》む仏事《ぶつじ》）の催《もよお》しがあって、美声《びせい》の僧《そう》たちがお経《きょう》を読《よ》んでいる時間《じかん》だというので、そちらの方《ほう》に近《ちか》い戸口《とぐち》に友《とも》だちと二人《ふたり》で出《で》て行《い》き、お経《きょう》を聞《き》きつつおしゃべりなどをしながら、ものにもたれかかってくつろいでいると、そこに殿上人《てんじょうびと》がやって来《き》たのです。「奥《おく》へ逃《に》げて、局《つぼね》（部屋《へや》）にいる女房《にょうぼう》たちを呼《よ》び立《た》てるのもみっともないわ。もういいわ。とにかく状況《じょうきょう》を考《かんが》えて行動《こうどう》しましょう。このままこうしていましょうね」と友《とも》だちが言《い》うので、私《わたし》はその友人《ゆうじん》の側《そば》に隠《かく》れるようにして二人《ふたり》のやりとりに耳《みみ》をすましていました。その殿上人《てんじょうびと》は、落《お》ち着《つ》いた物静《ものしず》かな話《はな》し方《かた》で、いい感《かん》じです。

「もう一人《ひとり》のお方《かた》は？」などと私《わたし》のことも尋《たず》ねて、世間一般《せけんいっぱん》の男性《だんせい》にありがちなその場限《ばかぎ》りの色《いろ》っぽいことなども言《い》い出《だ》さずに、世《よ》の中《なか》のしみじみとした話《はなし》などを、心《こころ》をこめて、ていねいに語《かた》りかけてくれます。

こちらもさすがに押《お》し黙《だま》って引《ひ》っ込《こ》んでばかりもいられない話《はなし》の節々《ふしぶし》があって、私《わたし》も、もう一人《ひとり》の友《とも》だちも返事《へんじ》などをしていました。そうすると、その男性《だんせい》は、「おや、まだ知《し》らない方《かた》がいらしたのですね」などと珍《めずら》しがって、すぐには腰《こし》を上《あ》げそうにもないのです。

折《おり》から、星《ほし》の光《ひかり》さえ見《み》えずあたりは暗《くら》く、時雨《しぐれ》が何度《なんど》も降《ふ》りかかり、パラパラと木《こ》の葉《は》にあたる音《おと》がおもしろく、その男性《だんせい》は、「かえってこんな夜《よる》の方《ほう》が味《あじ》わい深《ぶか》くてすてきですね。月《つき》が一面《いちめん》に照《て》っている明《あか》るい夜《よる》では、はっきり見《み》えすぎて恥《は》ずかしいし、顔《かお》を合《あ》わせるのも照《て》れくさくなりますね」と語《かた》りかけます（続《つづ》く）。

❖上達部《かんだちめ》、殿上人《てんじやうびと》などに対面《たいめ》する人《ひと》は、定《さだ》まりたるやうなれば、うひうひしき里人《さとびと》は、ありなしをだに知《し》らるべきにもあらぬに、十月《かみなづき》ついたちごろの、いと暗《くら》き夜《よ》、不断経《ふだんぎやう》に、声《こゑ》よき人々《ひとびとよ》読《よ》むほどなりとて、そなた近《ちか》き戸口《とぐち》に二人《ふたり》ばかりたち出《い》でて聞《き》きつつ、物語《ものがたり》して寄《よ》り臥《ふ》してあるに、参《まゐ》りたる人《ひと》のあるを、「逃《に》げ入《い》りて、局《つぼね》なる人々《ひとびとよ》呼《よ》び上《あ》げなどせむも見苦《みぐる》し。さはれ、ただ折《をり》からこそ。かくてただ」と言《い》ふいま一人《ひとり》のあれば、かたはらにて聞《き》きゐたるに、おとなしく静《しづ》やかなるけはひにてものなど言《い》ふ、くちをしからざなり。「いま一人《ひとり》は」など問《と》ひて、世《よ》のつねのうちつけのけさうびてなども言《い》ひなさず、世《よ》の中《なか》のあはれなることどもなど、こまやかに言《い》ひ出《い》でて、さすがにきびしう、引《ひ》き入《い》りがたいふしぶしありて、われも人《ひと》も答《こた》へなどするを、「まだ知《し》らぬ人《ひと》のありける」などめづらしがりて、とみに立《た》つべくもあらぬほど、星《ほし》の光《ひかり》だに見《み》えず暗《くら》きに、うちしぐれつつ、木《こ》の葉《は》にかかる音《おと》のをかしきを、「なかなかに艶《えん》にをかしき夜《よ》かな。月《つき》の隈《くま》なく明《あ》かからむもはしたなくまばゆかりぬべかりけり」（続《つづ》く）。

✽ここから、『更級日記』で人気ナンバーワンの男性が登場します。実名は源資通《みなもとのすけみち》。孝標《たかすえ》の娘より三つ年上の三十八歳（一〇四二年）。楽器も上手で歌もうまいし、何でもできる麗《うるわ》しい男性です。

ある十月の夜、友だちとしゃべっていたら、殿上人《てんじょうびと》がやってきました。殿上人というのは、清涼殿《せいりょうでん》（天皇《てんのう》の居所《いどころ》）の殿上の間（殿上人の詰所《つめしょ》）に昇ることができる人。簡単にいうとVIPです。逃げ出すのもみっともないので、その殿上人と話すこととなりました。この男性は、言い寄ったりせずに、しみじみとやさしく語り続けます。時雨が降りかかるロマンチックな夜……。いったいこの後、二人は、どうなっていくのでしょうか。

◆ドキドキの春秋《しゅんじゅう》くらべ〈六二段―②〉

その人《ひと》は、さらに春秋《しゅんじゅう》のことなどを話《はな》して、「四季折々《しきおりおり》の時《とき》の変化《へんか》に従《したが》って見《み》る景色《けしき》としては、春霞《はるがすみ》がおもしろく、空《そら》ものどかに霞《かす》んで、月《つき》の面《おもて》もあまりはっきりとは輝《かがや》かず、その光《ひかり》が遠《とお》く流《なが》れているように見《み》えている、そんな春《はる》の夜《よる》に、琵琶《びわ》で風香調《ふこうじょう》をゆるやかに弾《ひ》き鳴《な》らしているのが、とてもすばらしく聞《き》こえるものです。しかし、また秋《あき》になって、月《つき》がとても明《あか》るい夜《よる》、空《そら》には一面《いちめん》に霧《きり》がかかっているけれど、月《つき》はまるで手《て》にとることができそうにはっきりと澄《す》み渡《わた》り、そのうえ、風《かぜ》の音《おと》も虫《むし》の声《こえ》も加《くわ》わって、すべて秋《あき》のすばらしさを取《と》り集《あつ》めたように感《かん》じられる、そんな時《とき》、箏《そう》の琴《こと》がかき鳴《な》らされたり、横笛《よこぶえ》が澄《す》んだ音色《ねいろ》で響《ひび》いたりすると、春《はる》なんか大《たい》したことはない、と思《おも》われますよ。

また、そうかと思《おも》えば、冬《ふゆ》の夜《よる》の、空《そら》まで一面《いちめん》にひえびえとした感《かん》じで、ひどく寒《さむ》い時《とき》、雪《ゆき》が降《ふ》り積《つ》もって月光《げっこう》にキラキラと照《て》り映《は》えているところに、篳篥《ひちりき》の音色《ねいろ》がふるえるように聞《き》こえてくるのは、春《はる》も秋《あき》も忘《わす》れてしまうほどのすばらしい情景《じょうけい》ですね」と語《かた》り続《つづ》けて、「あなた方《がた》はどの季節《きせつ》にお気持《きも》ちが惹《ひ》かれますか」と尋《たず》ねます。

友《とも》だちが秋《あき》の夜《よる》に心《こころ》を寄《よ》せているとお答《こた》えしたので、私《わたし》は、「そうそう同《おな》じことを言《い》いたくないわ」と思《おも》って、

「あさみどりの空《そら》も、咲《さ》き匂《にお》う桜《さくら》の花《はな》も、すっかり一《ひと》つに溶《と》け合《あ》って、霞《かす》みながらぼんやりと見《み》える春《はる》の夜《よる》の月《つき》。それを私《わたし》はすてきだと思《おも》います」と答《こた》えましたところ、その人《ひと》は何度《なんど》も何度《なんど》も私《わたし》の歌《うた》を口《くち》ずさんで、「では、秋《あき》の夜《よる》は、お見捨《みす》てになったということですね。

今宵《こよい》以降《いこう》、もしも私《わたし》が長生《ながい》きしたら、春《はる》の夜《よる》をあなたにお目《め》にかかった記念《きねん》だと思《おも》いましょう」

と言《い》うのです。そうしたら、秋《あき》が好《す》きだ、と言《い》った友《とも》だちが、

「お二人《ふたり》とも春《はる》に心《こころ》をお寄《よ》せになったようですね。私《わたし》だけが、たった一人《ひとり》

で見《み》ることになるのでしょうか、秋《あき》の夜《よる》の月《つき》を」と詠《よ》んだのです。その男性《だんせい》は、とてもおもしろがって、またどちらに味方《みかた》してよいか困《こま》っている様子《ようす》で、「唐《もろ》土《こし》（中国《ちゅうごく》）などでも昔《むかし》から春秋《しゅんじゅう》の判定《はんてい》はなかなか決定《けってい》できないようですが、このように判断《はんだん》されたお二人《ふたり》のお気持《きも》ちには、思《おも》うに、きっと何《なに》かわけがおありでしょう。自分《じぶん》の気持《きも》ちがなびき、その季節《きせつ》に心《こころ》が揺《ゆ》れたり、すてきだと思《おも》ったりすることがある時《とき》は、そのまま自然《しぜん》にその時《とき》の空《そら》の景色《けしき》も、そして、月《つき》も花《はな》も、心《こころ》に深《ふか》くしみこんでくるもののようですよ。春秋《しゅんじゅう》の勝《しょ》

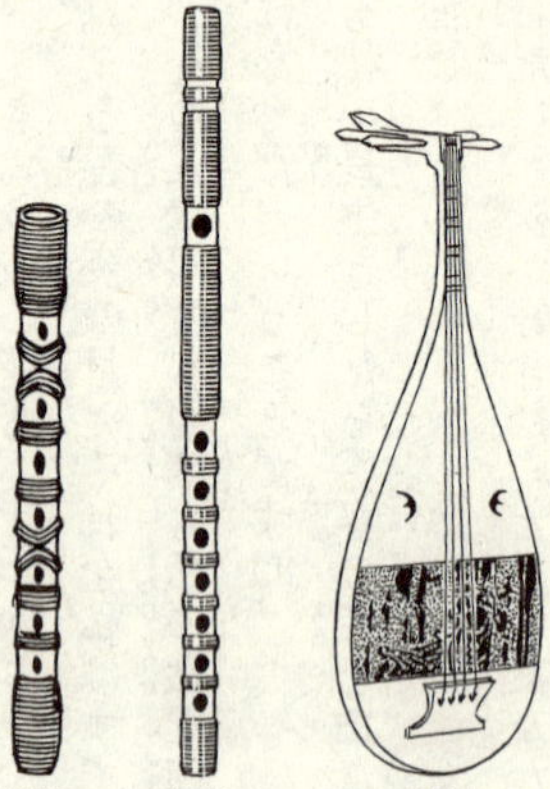

篳篥《ひちりき》　横笛《よこぶえ》　琵琶《びわ》

箏《そう》の琴《こと》

負《うぶ》をおつけになったわけを、ぜひとも伺《うかが》いたいものです。（続《つづ》く）」

❖春秋《はるあき》のことなど言《い》ひて、「時《とき》にしたがひ見《み》ることには、春霞《はるがすみ》おもしろく、空《そら》ものどかに霞《かす》み、月《つき》のおもてもいと明《あ》かうもあらず、遠《とほ》う流《なが》るるやうに見《み》えたるに、琵《び》琶《は》の風香調《ふかうでう》ゆるるかに弾《ひ》き鳴《な》らしたる、いといみじく聞《き》こゆるに、また秋《あき》になりて、月《つき》いみじう明《あ》かきに、空《そら》は霧《き》りわたりたれど、手《て》にとるばかりさやかに澄《す》みわたりたるに、風《かぜ》の音《おと》、虫《むし》の声《こゑ》、とりあつめたる心地《ここち》するに、箏《さう》の琴《こと》かき鳴《な》らされたる、横笛《やうでう》の吹《ふ》き澄《す》まされたるは、なぞの春《はる》とおぼゆかし。

また、さかと思《おも》へば、冬《ふゆ》の夜《よ》の、空《そら》さへ冴《さ》えわたりいみじきに、雪《ゆき》の降《ふ》りつもり光《ひか》りあひたるに、篳篥《ひちりき》のわななき出《い》でたるは、春秋《はるあき》もみな忘《わす》れぬかし」と言《い》ひつづけて、「いづれにか御心《おほんこころ》とどまる」と問《と》ふに、秋《あき》の夜《よ》に心《こころ》を寄《よ》せて答《こた》へたまふを、「さのみ同《おな》じさまには言《い》はじ」とて、

あさみどり花《はな》もひとつに霞《かす》みつつおぼろに見《み》ゆる春《はる》の夜《よ》の月《つき》

と答《こた》へたれば、かへすがへすうち誦《ずん》じて、「さは、秋《あき》の夜《よ》はおぼし捨《す》てつるななりな。

今宵《こよひ》より後《のち》の命《いのち》のもしもあらばさは春《はる》の夜《よ》を形見《かたみ》と思《おも》はむ」

と言《い》ふに、秋《あき》に心寄《こころよ》せたる人《ひと》、

人《ひと》はみな春《はる》に心《こころ》を寄《よ》せつめりわれのみや見《み》む秋《あき》の夜《よ》の月《つき》

とあるに、いみじう興《きよう》じ、思《おも》ひわづらひたるけしきにて、「唐土《もろこし》などにも、昔《むかし》より春秋《はるあき》の定《さだ》めは、えしはべらざなるを、このかうおぼし分《わ》かせたまひけむ御心《おほんこころ》ども、思《おも》ふに、ゆゑはべらむかし。わが心《こころ》のなびき、そのをりの、あはれともをかしとも思《おも》ふことのある時《とき》、やがてそのをりの空《そら》のけしきも、月《つき》も花《はな》も、心《こころ》にそめらるるにこそあべかめれ。春秋《はるあき》を知《し》らせたまひけむことのふしなむ、いみじう承《うけたまは》らまほしき。（続《つづ》く）」

✽ここから資通《すけみち》は季節の話をあでやかに語り続けます。春は、春霞がぼんやりと見える夜に響く琵琶（なすび形で四絃《げん》もしくは五絃）の調べ。「風香調《ふこうじよう》」というのは春らしい華やかな調子です。秋は月が霧のなかでもはっきりと見え、箏《そう》の琴（十三絃）・横笛が風の音や虫の声と大合奏。冬は雪が降り積もり、凍えるような寒さのなかでわななくように聞こえる篳篥《ひちりき》（縦笛）の音色。楽器が得意な資通らしい話し方ですね。美しいリズムとともに言葉が季節を奏でています。

ここからどの季節が好きか、という話に発展して、友だちは「秋」、孝標《たかすえ》の娘は「春」と答えました（コラム参照）。その時詠《よ》んだ「あさみどり」はすてきな歌で、後に彼女の代表作となりました。春の新芽が萌えはじめ、空は青っぽいモスグリーンに包まれ、花の色もそのなかに溶け、霞のなかからぼんやりと見える春の夜の月。ボワンとした春の夜が、パステルカラーでのどかな感じに歌われています。資通の語りは楽器が主役。こちらは、色が歌のトーンを支えていますね。

資通はこの歌がとても気に入ったようで、二人だけで、話が盛り上がってしまいました。「秋」と答えた友だちは、すねているようです。そこで資通は、季節が好きな理由を二人に聞いていくのでした。春と秋のバトルを続けているとどちらかを傷つけることになってしまいますよね。だから微妙に話をずらしました。みごとな配慮。

★春《はる》と秋《あき》のバトル――春秋《しゅんじゅう》優劣論《ゆうれつろん》――

春と秋のどちらが好きか。それは「春秋優劣論」といわれています。すでに奈良時代、『万葉集《まんようしゅう》』のなかにも出てきます。天智天皇《てんじてんのう》が、「色とりどりの花が咲き乱れるあでやかさ」と「さまざまに錦を織ったような紅葉の美しさ」を競わせました。この時は額田 王《ぬかたのおおきみ》が「秋」に軍配《ぐんばい》を上げたのです。

また、『源氏物語《げんじ》』にも「春の花の林や秋の野の盛りをそれぞれ人が言い争った」(薄雲《うすぐも》)とあります。また、「唐(中国)では、『春の花の錦に及ぶものはない』と言っているようだ」(薄雲)とも書かれています。光源氏《ひかるげんじ》が「春秋」の優劣を斎宮女御《さいぐうのにょうご》に聞いたところ、彼女は「秋」の方を選びました。それで、後世の読者から、彼女は「秋好中宮《あきこのむちゅうぐう》」と呼ばれるようになったのです。

春と秋、どちらとも決めかねますね。どっちも美しい季節。だからこそ競うのです。「春・秋コンテスト」は貴族たちの恰好《かっこう》の話題だったのです。ところで、あなたはどちらの季節がお好き?

◆すてきな男性《だんせい》が語《かた》るすてきな冬《ふゆ》〈六二段―③〉

「冬《ふゆ》の夜《よる》の月《つき》は、昔《むかし》からつまらないものの例《れい》に引《ひ》かれておりましたし、また実際《じっさい》、ひどく寒《さむ》かったりして、特《とく》に眺《なが》めるような気分《きぶん》にもなりませんでした。ところが、以前斎宮《いぜんさいぐう》（伊勢神宮《いせじんぐう》に奉仕《ほうし》する未婚《みこん》の皇女《こうじょ》、または親王《しんのう》の娘《むすめ》）の裳着《もぎ》（成人式《せいじんしき》）の使《つか》いとなって伊勢《いせ》に下《くだ》り（一〇二五年《せんにじゅうごねん》）、役目《やくめ》を終《お》えて明《あ》け方《がた》に帰京《ききょう》しようとした時《とき》のことです。日《ひ》ごろ降《ふ》り積《つ》もった雪《ゆき》に月《つき》がとても明《あか》るく映《は》え、これが旅先《たびさき》と思《おも》うだけで心細《こころぼそ》さも加《くわ》わり、そのようななかで、斎宮《さいぐう》にお別《わか》れを申《もう》し上《あ》げに参《まい》ったのでした。場所柄《ばしょがら》、他《ほか》の所《ところ》とは違《ちが》って神域《しんいき》ですので、そう思《おも》うせいか何《なん》となく恐《おそ》ろしく思《おも》われましたが、私《わたし》をそれなりのちゃんとした所《ところ》にお呼《よ》び下《くだ》さいました。そこで、円融院《えんゆういん》の時代《じだい》からお仕《つか》えしていた女房《にょうぼう》で、実《じつ》に神々《こうごう》しく古風《こふう》な様子《ようす》の人《ひと》が、とても慎《つつし》み深《ぶか》い感《かん》じで昔《むかし》の思《おも》い出話《でばなし》などをしつつ、涙《なみだ》を浮《う》かべたりしながら、よく調律《ちょうりつ》してある琵琶《びわ》の琴《こと》を私《わたし》にさし出《だ》され、演奏《えんそう》を一曲《いっきょく》、ご希望《きぼう》になったのです。それはまるでこの世《よ》のでき事《ごと》とも思《おも》えず、このまま夜《よる》が明《あ》けてしまうのも、もったいなくて、京《きょう》のことなどすっかり忘《わす》れてしまうほど心《こころ》を動《うご》かされたのでした。私《わたし》はその時以来《ときいらい》、冬《ふゆ》の夜《よる》で雪《ゆき》が降《ふ》っている夜《よる》、そのよさが自然《しぜん》に感《かん》じられるようになって、火桶《ひおけ》などをかかえこんでいても、必《かなら》ず縁先《えんさき》に出《で》て座《すわ》り込《こ》み、外《そと》の景色《けしき》を眺《なが》めずにはいられないのです。あなたたちも、春秋《しゅんじゅう》それぞれを評価《ひょうか》なさるからには、きっとそれなりのわけがおありでしょう。

　ということで、あなたたちとお話《はな》しした今《こ》宵以降《よいいこう》、暗《くら》い闇夜《やみよ》に時雨《しぐれ》のぱらつく季節《きせつ》が、また私《わたし》の心《こころ》に染《し》みついて忘《わす》れがたいものとなるでしょう。今夜《こんや》の感動《かんどう》は、斎宮《さいぐう》の雪《ゆき》の夜《よる》の思《おも》い出《で》に劣《おと》るとも思《おも》われないのです」などと話《はな》して別《わか》れてしまった後《あと》は、私《わたし》が誰《だれ》だったか、

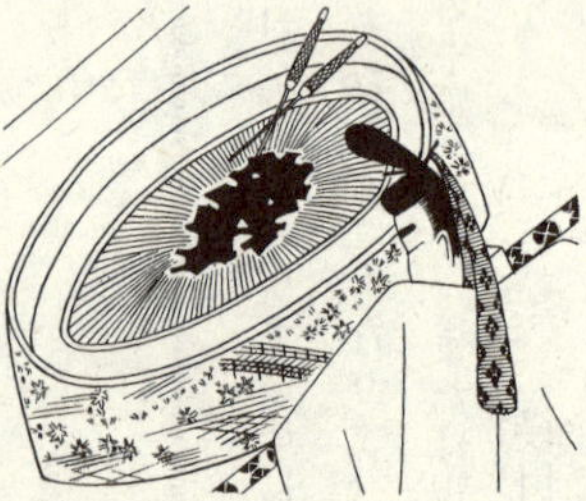

火桶《ひおけ》

などということもその人《ひと》に知《し》らせないままでいよう、と思《おも》っていたのですが（続《つづ》く）。

❖「冬《ふゆ》の夜《よ》の月《つき》は、昔《むかし》よりすさまじきもののためしに引《ひ》かれてはべりけるに、またいと寒《さむ》くなどして、ことに見《み》られざりしを、斎宮《いつきのみや》の御裳着《おほんもぎ》の勅使《ちよくし》にて下《くだ》りしに、暁《あかつき》に上《のぼ》らむとて、日《ひ》ごろ降《ふ》り積《つ》みたる雪《ゆき》に月《つき》のいと明《あ》かきに、旅《たび》の空《そら》とさへ思《おも》へば、心《こころ》ぼそくおぼゆるに、まかり申《まう》しに参《まゐ》りたれば、余《よ》の所《ところ》にも似《に》ず、思《おも》ひなしさへけおそろしきに、さべき所《ところ》に召《め》して、円融院《ゑんゆうゐん》の御世《みよ》より参《まゐ》りたりける人《ひと》の、いといみじく神《かむ》さび、古《ふる》めいたるけはひの、いとよしふかく、昔《むかし》のふることども言《い》ひ出《い》で、うち泣《な》きなどして、よう調《しら》べたる琵琶《びは》の御琴《おほんこと》をさし出《い》でられたりしは、この世《よ》のこととおぼえず、夜《よ》の明《あ》けなむも惜《を》しう、京《きやう》のことも思《おも》ひ絶《た》えぬばかりおぼえはべりしよりなむ、冬《ふゆ》の夜《よ》の雪降《ゆきふ》れる夜《よ》は思《おも》ひ知《し》られて、火桶《ひをけ》などを抱《いだ》きても、かならず出《い》でゐてなむ見《み》られはべる。おまへたちも、かならずさおぼすゆゑはべらむかし。

さらば今宵《こよひ》よりは、暗《くら》き闇《やみ》の夜《よ》の時雨《しぐれ》うちせむは、また心《こころ》にしみはべりなむかし。斎宮《いつきのみや》の雪《ゆき》の夜《よ》に劣《おと》るべき心地《ここち》もせずなむ」など言《い》ひて、別《わか》れにし後《のち》は、誰《たれ》と知《し》られじと思《おも》ひしを（続《つづ》く）。

✲冬の月は「つまらないものの例として言い残したような、人の心の浅さ……」（『源《げん》氏《じ》物語』「朝顔《あさがお》」）と出てきます。でも資通《すけみち》はこの冬の月の追憶をエレガントに語り続けます。場所は伊勢《いせ》。神様のいる特殊なエリア。相手は老女房。この人は、円融《えんゆう》天皇（在位九六九～九八四）のころから仕えていた、というところがすごいですね。約半世紀も伊勢の神様に仕えていたのです。おごそかななかで語られる昔話、さし出される琵琶、神々しいまでの冬の月の光……。この神秘的な体験から資通は冬が忘れられなくなったのでした。そしてこの体験と同じくらい、今宵《こよい》の出会い、時雨の夜の出会いが感動的だったと話を結ぶところが上手。さすが、ダンディ資通。

さてさて、甘美な出会いの後、彼女は、自分のことを知らせないままでいよう、と思っていたのですが……。

◆偶然《ぐうぜん》の再会《さいかい》と託《たく》されたメッセージ〈六二段―④〉

その後《ご》、翌年《よくとし》の八月《はちがつ》に、宮様《みやさま》（祐子内親王《ゆうしないしんのう》）が参内《さんだい》なさった時《とき》、一晩中《ひとばんじゆう》清涼殿《せいりようでん》（天皇《てんのう》の居所《いどころ》）の殿上《てんじよう》の間《ま》（殿上人《てんじようびと》の詰所《つめしよ》）で音楽《おんがく》の催《もよお》しがあり、私《わたし》はあの方《かた》が出仕《しゆつし》（出勤《しゆつきん》）していたのも知《し》らず、その夜《よる》は自分《じぶん》たちの局《つぼね》（部《へ》屋《や》）にいたままで夜《よる》を明《あ》かし、細殿《ほそどの》（廂《ひさし》の間《ま》を区切《くぎ》った部屋《へや》）の引《ひ》き戸《ど》を開《あ》けて外《そと》を眺《なが》め、明《あ》け方《がた》の月《つき》が、かすかに空《そら》にかかっている美《うつく》しさに目《め》を奪《うば》われていました。すると、退出《たいしゆつ》する沓《くつ》の音《おと》が聞《き》こえてきて、そのなかにお経《きよう》を読《よ》んでいる男性《だんせい》なども交《ま》じっているのです。

そのお経《きよう》を読《よ》んでいる人《ひと》が、私《わたし》のいる引《ひ》き戸口《どぐち》に立《た》ち止《ど》まって何《なに》か話《はな》しかけてくるので、私《わたし》が返事《へんじ》をします。すると、この男性《だんせい》はふと思《おも》い出《だ》した様子《ようす》で、なんと「あの時雨《しぐれ》の夜《よる》のことは、片時《かたとき》も忘《わす》れることなく恋《こい》しく思《おも》っています」と言《い》うのです。長々《ながなが》と返事《へんじ》をしている場合《ばあい》でもないので、

「なぜそんなにも、恋《こい》しく思《おも》い出《だ》されたのでしょう。木《こ》の葉《は》に降《ふ》りかかる時雨《しぐれ》のような、ほんのかりそめの、はかない出会《であ》いでしたのに」

と私《わたし》が言《い》い終《お》わらないうちに、人々《ひとびと》がまたどやどやとやって来《き》ましたので、私《わたし》は、そのまま局《つぼね》にするっと入《はい》り、その夜《よる》のうちに退出《たいしゅつ》してしまいました。だから、その人《ひと》が、いつかの時雨《しぐれ》の夜《よる》一緒《いっしょ》だった友《とも》だちを尋《たず》ねて私《わたし》の歌《うた》の返歌《へんか》を託《たく》した、などということも後《あと》になってから聞《き》いたのです。『あの時雨《しぐれ》の降《ふ》る夜《よる》のような時《とき》に、ぜひ知《し》っている限《かぎ》りの琵琶《びわ》の曲《きょく》を全部《ぜんぶ》弾《ひ》いてお聞《き》かせしたいのです』とおっしゃっていました」と聞《き》くにつけても、私《わたし》もなんとかしてその琵琶《びわ》が聞《き》きたくて、適当《てきとう》な機会《きかい》を待《ま》っていましたが、そんなチャンスは全《まった》くないのです。

❖またの年《とし》の八月《はづき》に、内裏《うち》へ入《い》らせたまふに、夜《よ》もすがら殿上《てんじやう》にて御遊《おほんあそ》びありけるに、この人《ひと》のさぶらひけるも知《し》らず、その夜《よ》は下《しも》に明《あ》かして、細殿《ほそどの》の遣戸《やりど》を押《お》しあ

けて見出《みい》だしたれば、暁《あかつき》がたの月《つき》の、あるかなきかにをかしきを見《み》るに、沓《くつ》の声《こゑ》聞《き》こえて、読経《どきやう》などする人《ひと》もあり。

読経《どきやう》の人《ひと》は、この遣戸《やりど》口《ぐち》に立《た》ち止《と》まりて、ものなど言《い》ふに答《こた》へたれば、ふと思《おも》ひ出《い》でて、「時雨《しぐれ》の夜《よ》こそ、片時《かたとき》忘《わす》れず恋《こひ》しくはべれ」と言《い》ふに、ことながう答《こた》ふべきほどならねば、

何《なに》さまで思《おも》ひ出《い》でけむなほざりの木《こ》の葉《は》にかけし時雨《しぐれ》ばかりを

とも言《い》ひやらぬを、人々《ひとびと》また来《き》あへば、やがてすべり入《い》りて、その夜《よ》さり、まかでにしかば、もろともなりし人《ひと》尋《たづ》ねて、返《かへ》ししたりしなども、後《のち》にぞ聞《き》く。「『ありし時雨《しぐれ》のやうならむに、いかで琵琶《びは》の音《ね》のおぼゆるかぎり弾《ひ》きて聞《き》かせむ』となむある」と聞《き》くに、ゆかしくて、われもさるべきをりを待《ま》つに、さらになし。

遣《やり》戸《ど》
(画面中央の斜めに描かれた戸)

✻その後、翌年（一〇四三年）の八月に孝標《たかすえ》の娘は偶然にも資通《すけみち》と再会します。でも、二人は、彼女がサッと歌を詠んだだけで、あっけなく別れてしまったのです。

ところが、資通《すけみち》が孝標《たかすえ》の娘に対する返歌を友だちに託していたことが後になってわかります。あの時の友だち、そう、「秋」に軍配《ぐんばい》を上げた友だちです。そのうえ、なんと「あの時のような時雨の夜に、琵琶《びわ》の曲を全部弾いて聞かせたい」という、うれしいメッセージまでありました。しかし、そのチャンスはなかなか……。

◆はかないめぐり逢《あ》い〈六二段―⑤〉

翌年《よくとし》の春《はる》ごろ、のんびりとした夕暮《ゆうぐ》れ時《どき》に、あの人《ひと》がいらしたらしい、と聞《き》いて、あの時雨《しぐれ》の夜《よる》に一緒《いっしょ》だった友《とも》だちと局《つぼね》（部屋《へや》）からいざり出《で》てみました。でも、外《そと》には人々《ひとびと》がたくさんやって来《き》て、御簾《みす》（ブラインド）の内側《うちがわ》には、いつもの女《にょう》房《ぼう》たちが、ひしめいていたのです。だから、途中《とちゅう》で断念《だんねん》して局《つぼね》に戻《もど》ってしまいました。あの人《ひと》もそう思《おも》ったのでしょうか、もの静《しず》かな夕《ゆう》暮《ぐ》れ時《どき》を見計《みはか》らって参上《さんじょう》した様子《ようす》でしたが、騒《さわ》がしかったので出《で》て

御簾《みす》

行《い》かれたようなのです。私《わたし》は、「加島《かしま》（神崎川《かんざきがわ》の河口《かこう》）を見《み》て鳴門《なると》の浦《うら》（鳴門海峡《なるとかいきょう》）に漕《こ》ぎ出《だ》していく不安《ふあん》な船人《ふなびと》の心《こころ》を磯《いそ》の漁師《りょうし》はわかるでしょうか。あなたの琵琶《びわ》を聞《き》きたいばっかりに、ちょっとの間《あいだ》でも、人目《ひとめ》をさけて戸口《とぐち》の外《そと》まで出《で》て行《い》った私《わたし》の気《き》持《も》ちはおわかりでしょうか」

とつぶやいただけで、あの人《ひと》との関係《かんけい》はそのまま終《お》わってしまいました。あの人《ひと》は人柄《ひとがら》も本当《ほんとう》に誠実《せいじつ》で、世間一般《せけんいっぱん》の男性《だんせい》とは違《ちが》い、「その人《ひと》は、あの人《ひと》はどうしていますか」などと、私《わたし》たちのことを根掘《ねほ》り葉掘《はほ》り詮索《せんさく》するようなこともなく、いつの間《ま》にか時《とき》だけが過《す》ぎてしまったのでした。

❖春《はる》ごろ、のどやかなる夕《ゆふ》つかた、参《まゐ》りたなりと聞《き》きて、その夜《よ》もろともなりし人《ひと》とゐざり出《い》づるに、外《と》に人々参《ひとびとまゐ》り、内《うち》にも例《れい》の人々《ひとびと》あれば、出《い》でさいて入《い》りぬ。あの人《ひと》もさや思《おも》ひけむ、しめやかなる夕暮《ゆふぐれ》をおしはかりて参《まゐ》りたりけるに、騒《さわ》がしかりければまかづめり。

かしまみて鳴門《なると》の浦《うら》にこがれ出《い》づる心《こころ》は得《え》きや磯《いそ》のあま人《びと》

とばかりにてやみにけり。あの人柄《ひとがら》もいとすくよかに、世《よ》の常《つね》ならぬ人《ひと》にて、「その人《ひと》は、かの人《ひと》は」なども、尋《たづ》ね問《と》はで過《す》ぎぬ。

✲出会ってから二年近くたってしまいました（一〇四四年）。春の夕暮れに資通《すけみち》がやって来たらしいのです。あの時の友だちとドキドキしながら、部屋を出て行ったのですが、御簾《みす》（ブラインド）の内側も外側も人がたくさん。宮仕《みやづか》えは華やかだけれど、こういう場合、人が大勢いるとかえって邪魔。結局、資通と話もできず、孝標《たかすえ》の娘は、一人で歌を詠んだだけで終わってしまいました。

せっかく物語に出てくるようなかっこいい男性と会ったものの、これ以上二人の関係は発展しませんでした。孝標の娘は結婚しているし、タイミングがずれました。あのままちゃんとした宮仕えだけしていたら……。夢と現実は、バッチリ重なることはなく、残酷にもすれ違うものなのですね。

◆今《いま》までのことを反省《はんせい》して、物詣《ものもう》でに驀進《ばくしん》〈六三段―①〉

今《いま》になって、「昔《むかし》の軽薄《けいはく》な気持《きも》ちも後悔《こうかい》すべきだったのだわ」ということだけは身《み》に滲《し》みてわかり、親《おや》が私《わたし》のことを物詣《ものもう》でにちっとも連《つ》れて行《い》ってくれないままだったことも、親《おや》を責《せ》めたい気持《きも》ちとともに心《こころ》のなかに沸《わ》き上《あ》がってくるのです。

そこで、「今《いま》はもうただただ裕福《ゆうふく》な身《み》の上《うえ》になって、幼《おさな》い子《こ》どもも思《おも》いどおりに立派《りっぱ》に育《そだ》て上《あ》げ、私自身《わたしじしん》もお倉《くら》に積《つ》みきれないほどたくさん財産《ざいさん》を蓄《たくわ》え、来世《らいせ》のことまでちゃんと考《かんが》えよう」と気持《きも》ちを引《ひ》き締《し》め、十一《じゅういち》月《がつ》の二十日《はつか》過《す》ぎに、石山寺《いしやまでら》（滋賀県大津市《しがけんおおつし》）にお参《まい》りに出《で》かけます。

❖今《いま》は、「昔《むかし》のよしなし心《ごころ》もくやしかりけり」とのみ思《おも》ひ知《し》りはて、親《おや》の物《もの》へ率《ゐ》て参《まゐ》りなどせでやみにしも、もどかしく思《おも》ひ出《い》でらるれば、「今《いま》はひとへに豊《ゆた》かなる勢《いきほ》ひになりて、ふたばの人《ひと》をも、思《おも》ふさまにかしづきおほしたて、わが身《み》もみくらの山《やま》に積《つ》み余《あま》るばかりにて、後《のち》の世《よ》までのことをも思《おも》はむ」と思《おも》ひはげみて、十一月《しもつき》の二十余日《はつかよひ》、石山《いしやま》に参《まゐ》る。

✿ここから話がガラッと変わり、今までの物語熱中状態や不信心モードから一転します。昔、母親が物詣《ものもう》でに連れて行ってくれないことを、孝標《たかすえ》の娘は怒っていましたね（四三段）。この物詣《ものもう》

菅原孝標《すがわらたかすえ》の娘の石山参詣（『石山寺縁起絵巻』石山寺蔵）

でシリーズのなかで、彼女は、その時行けなかった長谷寺《はせでら》、石山寺《いしやまでら》、鞍馬寺《くらまでら》をすべてクリアするのでした。

ところで、物詣《ものもう》ではお寺や神社に祈願《きがん》のために行くことですが、百パーセントピュアーな信仰心、というわけではありませんでした。現実的なお願いの方が多かったのです。ここでも「裕福」とか「お倉」などという言葉が出てきますね。そう、今と同じ。「家内安全」とか「商売繁盛」、「無病息災《むびようそくさい》」……。こういう祈願を「現世利益《げんせりやく》」（現実において得られる利福《りふく》）といいました。

ともかくも、彼女は、物詣でに驀進《ばくしん》します。最初にお参りに行ったのは琵琶湖のそばにある石山寺。三十八歳の時の決意でした。

◆過《す》ぎ去《さ》る時間《じかん》、そして石山《いしやま》の夢《ゆめ》〈六三段―②〉

雪《ゆき》がしきりに降《ふ》っていて、道行《みちゆ》く景色《けしき》までおもしろいのに、そのうえ、逢坂《おうさか》の関《せき》を見《み》るにつけても、「昔越《むかしこ》えたのも冬《ふゆ》だったわ」としみじみなつかしく思《おも》い出《だ》されます。ちょうどそんな瞬間《しゅんかん》に、昔《むかし》と同《おな》じような激《はげ》しい風《かぜ》がびゅうびゅう吹《ふ》き巻《ま》いたのです。それで、

「逢坂《おうさか》の関《せき》に吹《ふ》きわたる風《かぜ》の音《おと》は、幼《おさな》い昔《むかし》に聞《き》いた音《おと》とちっとも変《か》わらないのですね」

と詠《よ》みました。

関寺《せきでら》が立派《りっぱ》に建造《けんぞう》されているのを見《み》ても、昔《むかし》、造営途中《ぞうえいとちゅう》で荒造《あらづく》りだった仏様《ほとけさま》のお顔《かお》ばかりをみつめていたことが心《こころ》に浮《う》かび、年月《としつき》が、瞬《また》く間《ま》に過《す》ぎ去《さ》ってしまったことも、胸《むね》がしめつけられるようにせつなく感《かん》じます。

打出《うちで》の浜《はま》（滋賀県大津市《しがけんおおつし》）の辺《あた》りなど、昔見《むかしみ》た時《とき》とちっとも変《か》わってい

ません。日《ひ》が暮《く》れかかる時《とき》にお寺《てら》に行《い》き着《つ》いて、斎屋《ゆや》（身《み》を清《きよ》める建物《たてもの》）に下《お》りて、本堂《ほんどう》に上《のぼ》ると、人《ひと》の声《こえ》もせず山風《やまかぜ》が恐《おそ》ろしく思《おも》われ、お勤《つと》め（仏道修行《ぶつどうしゅぎょう》）を中断《ちゅうだん》してついうとうとと眠《ねむ》ってしまいました。その時《とき》の夢《ゆめ》で「中堂《ちゅうどう》（本尊《ほんぞん》を安置《あんち》する堂《どう》）から麝香《じゃこう》（香料《こうりょう》）を頂《いただ》きましたよ。早《はや》くあちらに知《し》らせなさい」と言《い》う人《ひと》があるので、はっと目《め》が覚《さ》め、「これは夢《ゆめ》だったのだわ」と思《おも》うにつけても「きっと吉夢《きちむ》（良《よ》い夢《ゆめ》）に違《ちが》いないわ」と信《しん》じて徹夜《てつや》でお勤《つと》めに励《はげ》みます。

夢の中で麝香《じゃこう》をさし出された孝標《たかすえ》の娘（『石山寺縁起絵巻』石山寺蔵）

❖雪《ゆき》うち降《ふ》りつつ、道《みち》のほどさへをかしきに、逢坂《あふさか》の関《せき》を見《み》るにも、「昔越《むかしこ》えしも冬《ふゆ》ぞかし」と思《おも》ひ出《い》でらるるに、そのほどしも、いと荒《あら》う吹《ふ》いたり。

逢坂《あふさか》の関《せき》のせき風《かぜ》吹く声《こゑ》は昔聞《むかしき》きしに変《か》はらざりけり

関寺《せきでら》のいかめしう造《つく》られたるを見《み》るにも、そのをり、荒造《あらづく》りの御顔《みかほ》ばかり見《み》られしをり思《おも》ひ出《い》でられて、年月《としつき》の過《す》ぎにけるもいとあはれなり。

打出《うちいで》の浜《はま》のほどなど、見《み》しにも変《か》はらず。暮《く》れかかるほどに詣《まう》で着《つ》きて、斎屋《ゆや》に下《お》りて、御堂《みだう》に上《のぼ》るに、人声《ひとごゑ》もせず、山風《やまかぜ》おそろしうおぼえて、行《おこな》ひさしてうちまどろみたる夢《ゆめ》に、「中堂《ちゆうだう》より麝《ざ》香賜《かうたま》はりぬ。とくかしこへ告《つ》げよ」と言《い》ふ人《ひと》あるに、うちおどろきたれば、「夢《ゆめ》なりけり」と思《おも》ふに、「よきことならむかし」と思《おも》ひて、行《おこな》ひ明《あ》かす。

✽逢坂《おうさか》の関、そして関寺《せきでら》などは、十三歳の時に通った所です。そう、あの上総《かずさ》の国（千葉県中央部）から都に出てきた大旅行の終わりごろ（一三段）。

昔見た景色そのものは変わらないけれど、むなしく過ぎ去っていくのは時の流ればかり……。あの時から二十五年もの歳月が経ってしまったのです。当時、関寺の仏様は建造途中でしたが、今はすっかり完成しています。

石山寺《いしやまでら》では「麝香《じゃこう》」に関する夢を見ました。麝香というのは、ジャコウジカの雄の分泌物を乾燥させた香料。これは良い夢みたいですね。彼女はこの夢で喜び、頑張《がんば》ってお勤めに励《はげ》んでいます。前半部の夢に対する不信心モードから、何となくプラス志向に変わってきていますね。

◆禊《みそぎ》で騒《さわ》ぐ世間《せけん》を無視《むし》してひたすら初瀬《はつせ》へ〈六四段―①〉

その翌年《よくとし》の十月二十五日《じゅうがつにじゅうごにち》、大嘗会《だいじょうえ》の禊《みそぎ》（大嘗会前月《だいじょうえぜんげつ》の禊《みそぎ》）で、世間《せけん》が大《おお》騒《さわ》ぎしているころ、私《わたし》は初瀬《はつせ》（長谷寺《はせでら》）詣《もう》でのために精進《しょうじん》（心身《しんしん》を清《きよ》めること）をはじめて、禊《みそぎ》の当日《とうじつ》に京《きょう》を出発《しゅっぱつ》することに決《き》めました。すると、まわりの人《ひと》たちが、「天皇一代《てんのういちだい》につき一回限《いっかいかぎ》りの見物《みもの》で、地方《ちほう》の人《ひと》だってわざわざ見《み》に来《く》るのに。物詣《ものもう》でに出《で》かけるのは他《ほか》の日《ひ》だっていくらもあるだろう。よりによってそんな日《ひ》を選《えら》んで京《きょう》を出《で》て行《い》くなんてどうかしている。後々《のちのち》までの語《かた》りぐさとなるに決《き》まっているぞ」などと言《い》って、特《とく》に兄《きょう》弟《だい》が、カッカと怒《おこ》っていました。でも、夫《おっと》は「まあ、どんなふうにでも、あなたの気《き》のすむようにしなさい」と言《い》ってくれたのです。このように、私《わたし》の提案《ていあん》どおり旅立《たびだ》たせてくれた夫《おっと》の温《あたた》かい思《おも》いやりが、しみじみと心《こころ》にしみるのです。

❖そのかへる年《とし》の十月《かみなづき》二十五日《はつかあまりいつか》、大嘗会《だいじやうゑ》の御禊《ごけい》とののしるに、初瀬《はつせ》の精進《さうじ》はじめて、その日《ひ》、京《きやう》を出《い》づるに、さるべき人々《ひとびと》、「一代《いちだい》に一度《ひとたび》の見物《みもの》にて、田舎世界《ゐなかせかい》の人《ひと》だに見《み》るものを、月日《つきひ》多《おほ》かり、その日《ひ》しも京《きやう》をふり出《い》でて行《ゆ》かむも、いともの狂《ぐる》ほしく、流《なが》れての物語《ものがたり》ともなりぬべきことなり」など、はらからなる人《ひと》は言《い》ひ腹立《はらだ》てど、児《ちご》どもの親《おや》なる人《ひと》は、「いかにもいかにも、心《こころ》にこそあらめ」とて、言《い》ふに従《したが》ひて出《い》だし立《た》つる心《こころ》ばへもあはれなり。

✽孝標《たかすえ》の娘は禊《みそぎ》で騒いでいる世間に逆らって初瀬《はつせ》（長谷寺《はせでら》）に猛進して行きます。大嘗祭《だいじょうさい》は、天皇が代わった時にお米の収穫を祝い、豊作を祈る儀式（十一月）。その前月に天皇は賀茂川《かもがわ》で禊《みそぎ》（川で身を清めること）をするのです。禊では、たくさんの官人《かんにん》たちがこの行列に加わるので絢爛豪華《けんらんごうか》。この一世一代のビッグイベントを一目見ようと、あちらこちらからたくさんの見物人が集まって来るのでした。でも、彼女は世間の流れに逆らい、初瀬に出かけることにしたのです。家族のなかで、夫だけはやさしく彼女の提案を受け入れてくれました。

◆やっぱり浮舟《うきふね》の女君《おんなぎみ》が……〈六四段―②〉

そこ（宇治川《うじがわ》の渡し場《わたば》）にも、やはりこちら側《がわ》に渡《わた》って来《く》る人《ひと》たちがたくさんごった返《がえ》しています。船頭《せんどう》たちは、船《ふね》を待《ま》つ人《ひと》が数《かぞ》え切《き》れないほどいるものだから、得意満面《とくいまんめん》な様子《ようす》。袖《そで》をまくり上《あ》げて顔《かお》にあて、棹《さお》に寄《よ》りかかりながらすぐには船《ふね》を岸《きし》に寄《よ》せないで、鼻歌《はなうた》まじりにきょろきょろし、ひどくもったいぶった態度《たいど》なのです。

いつまでたっても渡《わた》れないので、あたりの景色《けしき》をしみじみと眺《なが》めていました。すると、そこは『源氏物語《げんじものがたり》』に宇治《うじ》の八宮《はちのみや》の姫君《ひめぎみ》たちのことが出《で》てくるけれど、いったいどんな所《ところ》なので、作者《さくしゃ》はわざわざそこを選《えら》んで住《す》まわせたのかしら」と昔《むかし》から見《み》てみたいと思《おも》っていた土地《とち》だったのです。「実際《じっさい》、ここはすてきな所《ところ》だわ」と思《おも》いながら、やっとのことで宇治川《うじがわ》を渡《わた》りました。そして、殿《との》（藤原頼通《ふじわらのよりみち》）の御領地《ごりょうち》の宇治殿《うじどの》（今《いま》の平等院《びょうどういん》）の中《なか》に入《はい》り、邸内《ていない》を拝見《はいけん》するにつけても、「浮舟《うきふね》の女君《おんなぎみ》はこのような所《ところ》に住《す》んでいたのかしら」などということが、真《ま》っ先《さき》に心《こころ》に浮《う》かんでくるのです。

❖そこにも、なほしもこなたざまに渡《わた》りする者《もの》ども立《た》ちこみたれば、舟《ふね》の楫《かぢ》とりたるをのこども、舟《ふね》を待《ま》つ人《ひと》の数《かず》も知《し》らぬに心《こころ》おごりしたるけしきにて、袖《そで》をかいまくりて、顔《かほ》にあてて、棹《さを》に押《お》しかかりて、とみに舟《ふね》も寄《よ》せず、うそぶいて見《み》まはし、いといみじうすみたるさまなり。

無期《むご》にえ渡《わた》らで、つくづくと見《み》るに、「紫《むらさき》の物語《ものがたり》に宇治《うぢ》の宮《みや》のむすめどものことあるを、いかなる所《ところ》なれば、そこにしも住《す》ませたるな

宇治平等院

らむ」とゆかしく思《おも》ひし所《ところ》ぞかし。「げにをかしき所《ところ》かな」と思《おも》ひつつ、からうじて渡《わた》りて、殿《との》の御《ご》領所《らうしよ》の宇治殿《うぢどの》を入《い》りて見《み》るにも、「浮舟《うきふね》の女君《をんなぎみ》のかかる所《ところ》にやありけむ」など、まづ思《おも》ひ出《い》でらる。

✽世間の流れに逆らって、ようやく宇治川《うじがわ》の渡し場につきました。この宇治のあたりを見回して思い出すのは、やっぱり『源氏《げんじ》物語』のこと。「宇治の八宮《はちのみや》の姫君たち」は、大君《おおいきみ》・中君《なかのきみ》、そして、あの浮舟《うきふね》です（一段―①のコラム参照、一三頁）。この姫君たちと都の貴公子、薫《かおる》と匂宮《におうみや》が絡み、苦悩に満ちた恋物語が、あでやかに展開するのが、宇治を舞台にした最後の十帖、「宇治十帖《うじじゅうじょう》」です。

◆二《ふた》つの夢《ゆめ》がうれしくって〈六四段―③〉

翌朝《よくちょう》、そこを発《た》って、東大寺《とうだいじ》に寄《よ》って参拝《さんぱい》します。石上神宮《いそのかみじんぐう》（天理市布留町《てんりしふるちょう》）も本当《ほんとう》に「石上《いそのかみ》ふる」と詠《よ》まれるだけあって、長《なが》い年月《ねんげつ》が経《た》ってしまった様子《ようす》がしのばれるほど、完全《かんぜん》に荒《あ》れ果《は》てていました。

その夜《よる》は山《やま》の辺《べ》（天理市西井戸堂町《てんりしにしいどうどうちょう》あたり）という所《ところ》にあるお寺《てら》に泊《と》まりました。ひどく疲《つか》れていたけれど、お経《きょう》を少《すこ》しお唱《とな》えします。それから、うとうととまどろんでしまいました。すると、その夢《ゆめ》の中《なか》で、――とても上品《じょうひん》で美《うつく》しい女性《じょせい》がいらっしゃる所《ところ》に私《わたし》が参上《さんじょう》すると、風《かぜ》がひどく吹《ふ》くのです。その女性《じょせい》は、私《わたし》をみつけてにっこりと微笑《ほほえ》み、「何《なに》をしにいらしたの」とお聞《き》きになるので、「どうして参上《さんじょう》せずにいられましょう」と申《もう》し上《あ》げます。するとその人《ひと》は、「あなたは宮中《きゅうちゅう》にお仕《つか》えすることになっているのですよ。博士《はかせ》の命婦《みょうぶ》とじっくり相談《そうだん》しなさいね」とおっしゃるのです――というところで目《め》が覚《さ》めました。

その夢《ゆめ》がうれしくて、頼《たの》もしくて、ますます熱心《ねっしん》に仏様《ほとけさま》にお祈《いの》り申《もう》し上《あ》げます。翌朝《よくちょう》は初瀬川《はっせがわ》（長谷寺《はせでら》の下《した》を流《なが》れて奈良盆地《ならぼんち》に入《はい》る川《かわ》）などを渡《わた》り、その夜《よる》、長谷寺《はせでら》に到着《とうちゃく》しました。

お清《きよ》めなどをして御堂《みどう》に上《あが》ります。三日間《みっかかん》お籠《こ》もりをして、暁《あかつき》においとますつもりで、ちょっとだけ眠《ねむ》った夜《よる》に、御堂《みどう》の方《ほう》から、「ほら、稲荷様《いなりさま》（伏見稲荷《ふしみいなり》）から下《くだ》さった験《しるし》（効力《こうりょく》のある）の杉《すぎ》ですよ」と言《い》いながら、物《もの》を投《な》げつけるようにするので、はっと目《め》が覚《さ》めたら、それは夢《ゆめ》だったのです。

❖つとめてそこを立《た》ちて、東大寺《とうだいじ》に寄《よ》りて、拝《をが》みたてまつる。石上《いそのかみ》もまことに古《ふ》りにけること、思《おも》ひやられて、むげに荒《あ》れはてにけり。

その夜《よ》、山辺《やまのべ》といふ所《ところ》の寺《てら》に宿《やど》りて、いと苦《くる》しけれど、経《きやう》すこし読《よ》みたてまつりて、うちやすみたる夢《ゆめ》に、いみじくやむごとなく清《きよ》らなる女《をんな》のおはするに参《まゐ》りたれば、風《かぜ》いみじう吹《ふ》く。見《み》つけて、うち笑《ゑ》みて、「何《なに》しにおはしつるぞ」と問《と》ひたまへば、「いかでかは参《まゐ》らざらむ」と申《まう》せば、「そこは内《う》裏《ち》にこそあらむとすれ。博士《はかせ》の命《みやう》婦《ぶ》をこそよく語《かた》らはめ」とのたまふと思《おも》ひて、うれしく頼《たの》もしくて、いよいよ念《ねん》じたてまつりて、初瀬《はつせ》川《がは》などうち過《す》ぎて、その夜《よ》御寺《みてら》に

伏見稲荷大社

詣《まう》で着《つ》きぬ。

祓《はら》へなどして上《のぼ》る。三日《みか》さぶらひて、暁《あかつき》まかでむとて、うちねぶりたる夜《よ》さり、御堂《みだう》の方《かた》より、「すは、稲荷《いなり》より賜《たま》はる験《しるし》の杉《すぎ》よ」とて、物《もの》を投《な》げ出《い》づるやうにするに、うちおどろきたれば、夢《ゆめ》なりけり。

✲山の辺あたりで泊まった時に見た夢。これは良い夢だったようです。美しい女性の言葉に出てくる「博士《はかせ》の命婦《みょうぶ》」は以前登場しましたね（五七段―②）。そう、あの「人間アマテラス」。彼女はこの夢でとてもハッピーになりました。ということは、まだ宮仕《みやづか》えに対する思いは残っているのですね。

次の夢は長谷寺《はせでら》です。伏見稲荷《ふしみいなり》の杉をポンと投げられた夢。当時は伏見稲荷の杉を折り取って持ち帰り、それが枯れなければご利益があると信じられていました。これも良い夢です。

◆めざせ！　良妻賢母《りょうさいけんぼ》〈六八段〉

すべてにわたり、これといって不満《ふまん》に思《おも》うこともない生活《せいかつ》にまかせて、このように遠《とお》くへ物詣《ものもう》でに出《で》かけても、道《みち》の途中《とちゅう》の様子《ようす》をすばらしいとか苦《くる》しいとか感《かん》じることで、自然《しぜん》と心《こころ》も慰《なぐさ》められるのです。こんな観光気分《かんこうきぶん》の旅《たび》でも、やはり仏様《ほとけさま》のご利益《りやく》も期待《きたい》され、さしあたって今嘆《いまなげ》くような出来事《できごと》などもないまま、「ただただ、小《ちい》さい子《こ》どもたちを一日《いちにち》もはやく私《わたし》の思《おも》いどおりに育《そだ》て上《あ》げてみたいわ」と思《おも》っています。

それにつけても、年月《としつき》のたつのが待《ま》ち遠《どお》しくて、「せめて頼《たよ》りにしている夫《おっと》だけでも、人並《ひとな》みに任官《にんかん》して、出世《しゅっせ》の喜《よろこ》びを味《あじ》わってもらいたいわ」とそればかりを望《のぞ》み続《つづ》けている自分《じぶん》の気持《きも》ちは、張《は》り合《あ》いのあるものでした。

❖なにごとも心《こころ》にかなはぬこともなきままに、かやうにたち離《はな》れたる物詣《ものまう》でをしても、道《みち》のほどを、をかしとも苦《くる》しとも見《み》るに、おのづから心《こころ》もなぐさめ、さりとも頼《たの》もしう、さしあたりて嘆《なげ》かしなどおぼゆることどもないままに、「ただ幼《をさな》き人々《ひとびと》を、いつしか思《おも》ふさまにしたてて見《み》む」と思《おも》ふに、年月《としつき》の過《す》ぎ行《ゆ》くを、心《こころ》もとなく、「頼《たの》む人《ひと》だに、人《ひと》のやうなるよろこびしては」とのみ思《おも》ひわたる心地《ここち》、頼《たの》もしかし。

✲安定した生活のなかで、子どもの成長と夫の出世を望む妻。空想の世界ではなく、現実にしっかり根をおろした生活。積極的に生活をみつめる視線を持とうとします。現在は充足した日々に満ち足りています。家庭の中に心の安定を求めようと、心機《しんき》一《いっ》転《てん》。

◆船《ふね》の上《うえ》の妖艶《ようえん》な遊女《ゆうじょ》――和泉《いずみ》に下《くだ》る――〈七四段〉

ちゃんとした理由《りゆう》があって、秋《あき》のころに和泉《いずみ》（大阪府南部《おおさかふなんぶ》）に下《くだ》りました。淀《よど》（京都市伏見区《きょうとしふしみく》）という所《ところ》から船旅《ふなたび》となり、旅《たび》の途中《とちゆう》で出会《であ》う景色《けしき》がすばらしく、心《こころ》を動《うご》かされることといったら、とっても言葉《ことば》では言《い》い尽《つ》くすことができません。高浜《たかはま》（大阪府三島郡島本町《おおさかふみしまぐんしまもとちょう》）という所《ところ》に泊《と》まった夜《よる》、真《ま》っ暗《くら》で、そのうえ夜《よる》がとっぷりと更《ふ》けてから、船《ふね》の舵《かじ》の音《おと》が響《ひび》いてきます。供人《ともびと》の誰《だれ》かが、その船《ふね》に乗《の》っているのが誰《だれ》なのかを尋《たず》ねているような様子《ようす》でしたが、なんと、遊女《ゆうじょ》がやって来《き》たのでした。人々《ひとびと》は面白《おもしろ》がって遊女《ゆうじょ》の船《ふね》をこちらの船《ふね》に着《つ》けさせます。遠《とお》い灯火《ともしび》の光《ひかり》に照《て》らされて、遊《ゆう》女《じょ》が単衣《ひとえぎぬ》（袿《うちき》の下《した》に着《き》る下着《したぎ》）の袖《そで》を長々《ながなが》と下《さ》げ、扇《おうぎ》をかざして顔《かお》を隠《かく》しながら歌《うた》を歌《うた》っている姿《すがた》は、せつないまでに美《うつく》しく見《み》えるのです。

❖さるべきやうありて、秋《あき》ごろ和泉《いづみ》に下《くだ》るに、淀《よど》といふよりして、道《みち》のほどのをかしうあはれなること、言《い》ひつくすべうもあらず。高浜《たかはま》といふ所《ところ》にとどまりたる夜《よ》、いと暗《くら》きに、夜《よ》いたう更《ふ》けて、舟《ふね》の楫《かぢ》の音聞《おとき》こゆ。問《と》ふなれば、遊女《あそび》の来《き》たるなりけり。人々興《ひとびときよう》じて、舟《ふね》にさし着《つ》けさせたり。遠《とほ》き火《ひ》の光《ひかり》に、単衣《ひとへ》の袖長《そでなが》やかに、扇《あふぎ》さし隠《かく》して、歌《うた》うたひたる、いとあはれに見《み》ゆ。

✿遊女は前にも登場しました。子どものころ、都に突進した旅の途中、足柄山《あしがらやま》（七段）で出会いましたね。足柄山では、

船の上の遊女（『法然上人絵伝』知恩院蔵）

山の暗がりから登場した遊女でした。今回は、真っ暗な川に姿を現した遊女です。

ここの遊女が着ている単衣《ひとえぎぬ》というのは、下着ですが、かなり大きなもの。その袖をユラユラと下げながら扇で顔を隠して歌を歌っています。船の上の遊女をぼんやりとした光が包み込んでいます。闇のなかに浮かび上がる妖艶《ようえん》な遊女の姿……。

◆信濃《しなの》（長野県《ながのけん》）の守《かみ》（長官《ちょうかん》）になって出発《しゅっぱつ》する夫《おっと》〈七五段〉

世《よ》の中《なか》のことに、あれこれと気《き》ばかりつかっていますが、宮仕《みやづか》えにしたって、もともとそれ一筋《ひとすじ》に励《はげ》んでいたら、何《なん》とかなったでしょうか。でも、時々出勤《ときどきしゅっきん》するぐらいでは、どうなるものでもないでしょう。年《とし》はだんだんと盛《さか》りを過《す》ぎていく（五十歳《ごじっさい》）というのに、いつまでも若《わか》い人《ひと》と同《おな》じように出勤《しゅっきん》するのも、ふさわしくないと思《おも》うようになってきました。そのうち、健康《けんこう》もひどく害《がい》して、かつては好《す》き放題《ほうだい》に物詣《ものもう》でなどをしていましたが、今《いま》はそんなこともできなくなり、ついに、時々《ときどき》の出勤《しゅっきん》も止《や》めてしまいました。長生《ながい》きできる、という自信《じしん》もないので、「幼《おさな》い子《こ》どもたちの将来《しょうらい》を、何《なん》としても、どうしても、私《わたし》が生《い》きている間《あいだ》に見届《みとど》けたいわ」と寝《ね》ても覚《さ》めてもそのことばかりが頭《あたま》から離《はな》れないのです。また、夫《おっと》の任官《にんかん》を今《いま》か今《いま》かと待《ま》ちわびていましたが、秋《あき》になってようやく期待《きたい》できるチャンスが巡《めぐ》ってきたようなのです。ところが、結果《けっか》は、予想《よそう》とは違《ちが》い、遠《とお》い国《くに》（信濃《しなの》の国《くに》、長野県《ながのけん》）だったので、すっかり当《あ》てがはずれてがっくりしてしまいました。

ただ、父親《ちちおや》の代《だい》から繰《く》り返《かえ》し経験《けいけん》した東国《とうごく》よりは、近《ちか》いように聞《き》いたので、仕方《しかた》がないとあきらめ、まもなく下向《げこう》の旅支度《たびじたく》などを急《きゅう》ごしらえで用意《ようい》したのでした。門出《かどで》の場所《ばしょ》として、結婚《けっこん》した娘《むすめ》（俊通《としみち》と他《ほか》の妻《つま》との子《こ》）が新《あたら》しく引《ひ》っ越《こ》した家《いえ》へ、八月十日《はちがつとおか》過《す》ぎに移動《いどう》します。

近《ちか》い将来《しょうらい》どんなことが待《ま》ち受《う》けているのかも知《し》らず、その門出《かどで》の時《とき》の様子《ようす》は、騒《さわ》がしいほど人《ひと》がたくさん集《あつ》まって、活気《かっき》に溢《あふ》れかえっていたのでした。

❖世《よ》の中《なか》に、とにかくに心《こころ》のみ尽《つ》くすに、宮仕《みやづか》へとても、もとは一筋《ひとすぢ》に仕《つか》うまつりつかばやいかがあらむ、時々立《ときどきた》ち出《い》でば、なになるべくもなかめり。

年《とし》はややさだ過《す》ぎゆくに、若々《わかわか》しきやうなるも、つきなうおぼえならるるうちに、身《み》の病《やまひ》いと重《おも》くなりて、心《こころ》にまかせて物詣《ものまう》でなどせしこともえせずなりたれば、わくらばの立《た》ち出《い》でも絶《た》えて、長《なが》らふべき心地《ここち》もせぬままに、「幼《をさな》き人々《ひとびと》を、いかにもいかにもわがあらむ世《よ》に見《み》おくこともがな」と、臥《ふ》し起《お》き思《おも》ひ嘆《なげ》き、頼《たの》む人《ひと》のよろこびのほどを、心《こころ》もとなく待《ま》ち嘆《なげ》かるるに、秋《あき》になりて待《ま》ちいでたるやうなれど、思《おも》ひしにはあらず、いと本意《ほい》なくくちをし。

親《おや》のをりより、たちかへりつつ見《み》しあづま路《ぢ》よりは近《ちか》きやうに聞《き》こゆれば、いかがはせむにて、ほどもなく下《くだ》るべきことどもいそぐに、門出《かどで》は、むすめなる人《ひと》の新《あたら》しく渡《わた》りたる所《ところ》に、八月十余日《はづきとをかよひ》にす。

後《のち》のことは知《し》らず、そのほどの有様《ありさま》はもの騒《さわ》がしきまで人多《ひとおほ》くいきほひたり。

✿孝標《たかすえ》の娘もだんだんと老境（五十歳）に突入しました。当時は四十歳まで生きればいい方だったので、だいぶ年を重ねてしまいました。パートタイムの宮仕《みやづか》えもやめ、物詣《ものもう》でにも出かけず、彼女は、ひたすら子どもたちの将来を心配しています。

ようやく夫の任官《にんかん》が決まりました。信濃《しなの》の国（長野県）に旅立つこととなったのです。京都周辺の国が希望だったようですが、仕方ありません。ただ、東国は彼女にとって、おなじみの土地。父親は上総《かずさ》の国（千葉県中央部、一段―①）、常陸《ひたち》の国（茨城県、三九段）に赴任《ふにん》していましたね。

長野県は、京都から見れば、まだ少し近いということで気を取り直し、出発の準備をしています。この時の門出《かどで》（旅に出る前に他所《よそ》へ移ること）は、人がたくさん集まってきてにぎやかで華々しい出発だったのですが……。夫の俊通《としみち》は五十六歳。

◆不吉《ふきつ》な人魂《ひとだま》が飛《と》んだ瞬間《しゅんかん》〈七六段〉

八月二十七日《はちがつにじゅうしちにち》、いよいよ信濃《しなの》の国《くに》（長野県《ながのけん》）に下《くだ》る日《ひ》、男《おとこ》の子《こ》（長男《ちょうなん》の仲俊《なかとし》）は父《ちち》と一緒《いっしょ》に下《くだ》ります。砧《きぬた》（衣《きぬ》を打《う》つ道具《どうぐ》）で打《う》って艶《つや》を出《だ》した紅《くれない》の袿《うちき》（狩衣《かりぎぬ》の下《した》に着《き》る衣《ころも》）に、萩襲《はぎがさね》（表《おもて》が蘇芳《すおう》、裏《うら》が青《あお》）の襖《あお》（裏付《うらつ》きの狩衣《かりぎぬ》）、紫苑色《しおんいろ》（薄紫系《うすむらさきけい》）の織物《おりもの》でできている指貫《さしぬき》（裾《すそ》に括《くく》り紐《ひも》があるズボン）を着《き》て、太刀《たち》を腰《こし》に下《さ》げ、父親《ちちおや》の後《うし》ろについて歩《ある》き出《だ》します。父《ちち》の方《ほう》も織物《おりもの》の青鈍色《あおにびいろ》（濃《こ》い青色系《あおいろけい》）の指貫《さしぬき》で狩衣《かりぎぬ》（旅行《りょこう》や狩《かり》の時《とき》に着《き》る衣《ころも》）を身《み》に着《つ》け、中門《ちゅうもん》（対屋《たいのや》と釣殿《つりどの》の途中《とちゅう》にある門《もん》）に続《つづ》く渡《わた》り廊下《ろうか》のあたりで馬《うま》に乗《の》りました。

一行《いっこう》がにぎやかに大騒《おおさわ》ぎして下《くだ》って行《い》った後《あと》、全《まった》くすることがなくなってぼんやりしてしまいました。でも、下《くだ》って行《い》った信濃《しなの》の国《くに》はそれほどひどく遠《とお》い所《ところ》ではないと聞《き》いたので、以前《いぜん》父《ちち》が常陸《ひたち》の国《くに》（茨城県《いばらきけん》）に行《い》った時《とき》のようには心細《こころぼそ》くも感《かん》じません。見送《みおく》りの人《ひと》たちが、次《つぎ》の日《ひ》に戻《もど》ってきて、「とても華々《はなばな》しく堂々《どうどう》とした様子《ようす》で下《くだ》って行《い》かれました」などと言《い》って、また、「今日《きょう》の明《あ》け方《がた》、すごく大《おお》きな人魂《ひとだま》が現《あらわ》れて、京《きょう》の方《ほう》へと飛《と》んで行《い》ったのですよ」と報告《ほうこく》しますが、そんなものは誰《だれ》かお供《とも》の者《もの》などの人《ひと》魂《だま》だろう、ぐらいに思《おも》っていました。まさかその時《とき》は、夫《おっと》の不吉《ふきつ》なことの前兆《ぜんちょう》だなんて、思《おも》いも寄《よ》らなかったのです。

❖二十七日《はつかあまりなぬか》に下《くだ》るに、男《をとこ》なるは添《そ》ひて下《くだ》る。紅《くれなゐ》の打《う》ちたるに、萩《はぎ》の襖《あを》、紫苑《しをん》の織《おり》物《もの》の指貫《さしぬき》着て、太刀《たち》はきて、しりに立《た》ちて歩《あゆ》み出《い》づるを、それも織物《おりもの》の青鈍色《あをにびいろ》の指《さし》貫《ぬき》、狩衣《かりぎぬ》着て、廊《らう》のほどにて馬《むま》に乗《の》りぬ。

ののしり満《み》ちて下《くだ》りぬる後《のち》、こよなうつれづれなれど、いといたう遠《とほ》きほどならずと聞《き》けば、さきざきのやうに心《こころ》ぼそくなどはおぼえであるに、送《おく》りの人々《ひとびと》、またの日《ひ》帰《かへ》りて、「いみじうきらきらしうて下《くだ》りぬ」など言《い》ひて、「この暁《あかつき》に、いみじく大《おほ》きなる人《ひと》だまの立《た》ちて、京《きやう》ざまへなむ来《き》ぬる」と語《かた》れど、供《とも》の人《ひと》などのにこそはと思《おも》ふ。ゆゆしきさまに思《おも》ひだによらむやは。

✿父の赴任《ふにん》に息子も同行しました。息子は仲俊、十七歳ぐらい。ここに描かれている衣裳《いしょう》は前段に出てきたように（「下向の旅支度」）、孝標《たかすえ》の娘が用意したものです。王朝女性の仕事として、最も大切なのが、家族のファッション・コーディネイト。息子は紫系でまとめ、父親は渋めの青でまとめました。それぞれ「織物《おりもの》」なので、とってもゴージャス。「織物」は普通の織り方と違って、糸を斜めに織り、模様などを出した豪華なものです。

自分の手を経て作られた衣裳に身を包む夫と子ども。さぞ、この時は、誇らしげな思いに彼女は満たされていたことでしょう。あでやかでにぎやかな一行の旅立ちです。ただ、その直後、都に向かって人魂が飛んだのです。この無気味な青白い火の玉、大きな人魂は、いったい何を伝えたかったのでしょうか。孝標の娘に……。

◆絶望《ぜつぼう》の底《そこ》で――夫《おっと》の死《し》――〈七七段―①〉

夫《おっと》が留守中《るすちゅう》の今《いま》は、なんとかしてこの幼《おさな》い子《こ》どもたちを一人前《いちにんまえ》に育《そだ》て上《あ》げたいということしか頭《あたま》になかったところ、夫《おっと》が翌年《よくとし》の四月《しがつ》に上京《じょうきょう》してきて、そのまま夏《なつ》も冬《ふゆ》も過《す》ぎ去《さ》ってしまったのです。九月二十五日《くがつにじゅうごにち》から発病《はつびょう》し、十月五日《じゅうがついつか》に、まるで夢《ゆめ》のようにはかなく夫《おっと》をあの世《よ》に見送《みおく》って悲嘆《ひたん》に沈《しず》む私《わたし》の気持《きも》ちといったら、あまりにもつらすぎて、他《ほか》に同《おな》じような悲《かな》しみがこの世《よ》にあるなんて、全《まった》く考《かんが》えられません。

昔《むかし》、初瀬《はつせ》（長谷寺《はせでら》）に鏡《かがみ》を奉納《ほうのう》した時《とき》、倒《たお》れ臥《ふ》して号泣《ごうきゅう》している人《ひと》の姿《すがた》が見《み》えた、というのはまさしくこのことだったのです。もう一方《いっぽう》に映《うつ》っていたうれしそうだった、とかいう姿《すがた》は、今《いま》まで一度《いちど》も体験《たいけん》したことがありません。ましてこれから先《さき》、あるはずがないのです。

❖今《いま》は、いかでこの若《わか》き人々《ひとびと》おとなびさせむと思《おも》ふよりほかのことなきに、かへる年《とし》の四月《うづき》に上《のぼ》り来《き》て、夏秋《なつあき》も過《す》ぎぬ。

九月二十五日《ながつきはつかあまりいつか》よりわづらひ出《い》でて、十月五日《かみなづきいつか》に夢《ゆめ》のやうに見《み》ないて思《おも》ふ心地《ここち》、世《よ》の中《なか》にまたたぐひあることともおぼえず。

初瀬《はつせ》に鏡《かがみ》奉《たてまつ》りしに、臥《ふ》しまろび泣《な》きたる影《かげ》の見《み》えけむは、これにこそはありけれ。うれしげなりけむ影《かげ》は、来《こ》しかたもなかりき。今《いま》ゆく末《すゑ》はあべいやうもなし。

✽夫の俊通《としみち》は翌年（一〇五八年）の四月に都に戻ってきました。そして、なんということでしょう。十月五日に夫は、あの世に旅立ってしまったのです。俊通は五十七歳。あんなに息子と一緒に、華々しく出発したというのに……。前段に出てきた人魂は、まさにこの不吉なことを彼女に伝えようとしたのです。

孝標《たかすえ》の娘は、ただただ深い悲しみにうちのめされています。そして、かつて彼女が若かりしころ、長谷寺《はせでら》で彼女の代わりに僧が見た夢を思い出したのでした（四四段）。その鏡には、号泣《ごうきゆう》している姿と光に満ちあふれた姿、明暗両方が映っていましたね。そのうち、果てしなく悲しみにくれる姿、暗の方だけが、的中してしまったのです。

◆痛《いた》ましい息子《むすこ》の姿《すがた》〈七七段―②〉

二十三日《にじゅうさんにち》、はかなく夫《おっと》を火葬《かそう》に付《ふ》す夜《よる》、昨年《さくねん》の秋《あき》、息子《むすこ》がとても立派《りっぱ》に装束《しょうぞく》を身《み》にまとい、従者《じゅうしゃ》たちに大切《たいせつ》にされながら父親《ちちおや》に付《つ》き添《そ》って下《くだ》って行《い》ったのを見送《みおく》ったのに、その子《こ》が、今日《きょう》はまっ黒《くろ》な喪服《もふく》の上《うえ》に忌《い》まわしい素服《そふく》（喪服《もふく》の上《うえ》に着《き》る袖《そで》なしの白衣《びゃくい》）をまとって、霊柩車《れいきゅうしゃ》の供《とも》に、泣《な》く泣《な》く歩《ある》いて行《い》きます。子《こ》どものそんな姿《すがた》を家《いえ》の中《なか》からみつめながら、昔《むかし》を思《おも》い出《だ》す気持《きも》ちといったら、悲《かな》しすぎていったい何《なに》にたとえていいのか、全《まった》くわからないのです。

そのまま、まるで夢《ゆめ》の中《なか》をさまよっているように正気《しょうき》を失《うしな》い悲《かな》しみにくれている私《わたし》の姿《すがた》を、霊《れい》となったあの人《ひと》は、きっとあの世《よ》から見《み》ていてくれたことでしょう。

❖二十三日《はつかあまりみか》、はかなく雲煙《くもけぶり》になす夜《よ》、去年《こぞ》の秋《あき》、いみじくしたてかしづかれて、うち添《そ》ひて下《くだ》りしを見《み》やりしを、いと黒《くろ》き衣《きぬ》の上《うへ》にゆゆしげなる物《もの》を着《き》て、車《くるま》の供《とも》に泣《な》く泣《な》く歩《あゆ》み出《い》でて行《ゆ》くを見出《みい》だして、思《おも》ひ出《い》づる心地《ここち》、すべてたとへむかたなきままに、やがて夢路《ゆめぢ》にまどひてぞ思《おも》ふに、その人《ひと》や見《み》にけむかし。

✤十月二十三日、悲しい夫の火葬。出発した時は豪華な装束を身に着けていた息子。父親と一緒に立派な姿で出て行った息子。それなのに、今日はまっ黒な喪服の上に忌まわしい白い素服《そふく》をまとっています。泣きじゃくりながら、霊柩車《れいきゅう》に従う息子の痛ましい姿が、彼女の胸を突き刺します。

ところで、『更級日記』は、夫の記事が少ない、といわれています。でも、悲しみでうつろになってしまった彼女の姿を見ると、夫の存在が果てしなく大きかったことが十分わかりますね。経済的に恵まれ、ようやく自分の居場所をみつけたと思った彼女の心は、無惨にも打ち砕かれてしまいました。

いつも側にいる人がいなくなった時の、のたうち回るような悲しみ。空気のような存在が消えた時、彼女は、絶望の底に突き落とされました。物語に出てくるようなすてきな男性ではなかったかもしれない。でも空気のようにいつも彼女を守ってくれた夫。消えてからはじめて知る温かいぬくもり。彼女は胸が張り裂けるような悲しみに沈んでいます。世の中の誰よりも……。

夫は、そんな彼女の姿を遠い遠い空の彼方《かなた》から、やさしく、じっと見守ってくれたことでしょう。

◆すさまじい懺悔《ざんげ》〈七八段〉

昔《むかし》から、何《なん》の役《やく》にも立《た》たない物語《ものがたり》や歌《うた》のことばかりに夢中《むちゅう》にならず、夜《よる》も昼《ひる》も一生懸命《いっしょうけんめい》仏様《ほとけさま》のお勤《つと》めにはげんでいたら、本当《ほんとう》にこんな夢《ゆめ》のようにはかない人生《じんせい》を経験《けいけん》しなくてすんだでしょうに。

初瀬《はつせ》（長谷寺《はせでら》）で最初《さいしょ》にお籠《こ》もりした時《とき》、「稲荷様《いなりさま》から下《くだ》さった験《しるし》（効力《こうりょく》のある）の杉《すぎ》ですよ」と言《い》って投《な》げ出《だ》されたのを夢《ゆめ》に見《み》て、長谷寺《はせでら》を出《で》てからすぐにその足《あし》で、伏見稲荷《ふしみいなり》の方《ほう》にお参《まい》りしていたら、こんなつらい目《め》に遭《あ》わなかったかもしれないのに……。

また、長年《ながねん》「天照大神《あまてらすおおみかみ》をお祈《いの》り申《もう》し上《あ》げなさい」と見《み》てきた夢《ゆめ》については、高貴《こうき》な方《かた》の乳母様《めのとさま》となり、宮中《きゅうちゅう》あたりにお仕《つか》えして、天皇《てんのう》や皇后《こうごう》の御《ご》恩恵《おんけい》にあずかるだろう、と夢解《ゆめと》きがいつも判断《はんだん》していたのです。でも、そんなことは、何一《なにひと》つ叶《かな》えられないままでした。

ただただ、「悲《かな》しそうだ」と使《つか》いが見《み》た鏡《かがみ》の中《なか》の姿《すがた》だけが、現実《げんじつ》に的中《てきちゅう》したのが、情《なさ》けなく、やりきれないのです。こんなふうに何事《なにごと》も思《おも》いどおりにいかず終《お》わってしまう人《ひと》が私《わたし》という人間《にんげん》なので、何《なん》の功徳《くどく》（善行《ぜんこう》による神仏《しんぶつ》のめぐみ）も作《つく》ろうとしないままふらふらと日々《ひび》を送《おく》っています。

❖昔《むかし》より、よしなき物語《ものがたり》、歌《うた》のことをのみ心《こころ》にしめて、夜昼《よるひる》思《おも》ひて行《おこな》ひをせましかば、いとかかる夢《ゆめ》の世《よ》をば見《み》ずもやあらまし。初瀬《はつせ》にて前《まへ》のたび、「稲荷《いなり》より賜《たま》ふ験《しるし》の杉《すぎ》よ」とて投《な》げ出《い》でられしを、出《い》でしままに、稲荷《いなり》に詣《まう》でたらましかば、かからずやあらまし。年《とし》ごろ「天照御神《あまてるおほんかみ》を念《ねん》じたてまつれ」と見《み》ゆる夢《ゆめ》は、人《ひと》の御乳母《おほんめのと》して、内裏《うち》わたりにあり、みかど、后《きさき》の御《み》かげにかくるべきさまをのみ、夢解《ゆめと》きも合《あ》はせしかども、そのことは一《ひと》つかなはでやみぬ。ただ「悲《かな》しげなり」と見《み》し鏡《かがみ》の影《かげ》のみたがはぬ、あはれに心憂《こころう》し。かうのみ心《こころ》に物《もの》のかなふ方《かた》なうてやみぬる人《ひと》なれば、功徳《くどく》も作《つく》らずなどしてただよふ。

✲夫の死という現実に打ちのめされた彼女は、今までの自分の生活を無念な気持ちとともに後悔します。せっかく効力のある杉を夢に見たのに、伏見稲荷《ふしみいなり》様を拝みに行かなかったこと（六四段―③）、またアマテラスの夢を取り合わず、無視していたこと（二〇段、四五段）。今までの不信心な態度を畳みかけるように書き続けています。懺《ざん》悔《げ》という嵐になぎたおされている彼女の姿が苦しげに浮かび上がってくるようです。

アマテラスの夢――この夢の解答がここではじめて書かれます。身分の高い人の乳母《めのと》となり、宮仕《みやづか》えに出て、そのうえ天皇や皇后に可愛がられる、というすごいものでした。

もしも皇子や皇女の乳母になったとしたら、当然その親である天皇や皇后に庇護《ひご》されることになりますね。乳母というのは、前にも出てきましたが（四段）、当時生みの親よりも子どもにとって親しい存在でした。だから、皆から信頼されて、かなり力を持つことができたのです。でも、そんなキャリアとしての最高の地位も手に入りませんでした。最後には、初瀬《はつせ》の夢で出てきた、鏡に映った悲しみに打ちのめされている姿（四四段）、それだけが当たってしまったのです。

彼女は、「漂《ただよ》っている自分」を、遠くからジッとみつめています。

◆阿弥陀仏様《あみだぼとけさま》の夢《ゆめ》〈七九段〉

このような状態《じょうたい》でも、さすがに命《いのち》だけはつらさにも絶《た》えることなく、長《なが》生《い》きしているようですが、「現実《げんじつ》がこんな様子《ようす》では、後《のち》の世《よ》も思《おも》い通《どお》りになるはずがないわ」と心配《しんぱい》していたところ、頼《たの》みに思《おも》うことが、たった一《ひと》つだけありました。

天喜三年《てんぎさんねん》（一〇五五年《せんごじゅうごねん》）十月十三日《じゅうがつじゅうさんにち》の夜《よる》の夢《ゆめ》に――自宅《じたく》の軒先《のきさき》の庭《にわ》に阿《あ》弥陀様《みださま》が立《た》っていらしたのです。はっきりとそのお姿《すがた》を拝見《はいけん》はできないのですが、霧《きり》のベールを一重《ひとかさ》ね隔《へだ》てているように、うっすら透《す》けてお見《み》えになるのを、無理《むり》して霧《きり》の隙間《すきま》から拝《おが》みます。すると、蓮華《れんげ》の座《ざ》が地上《ちじょう》から三《さん》、四尺《よんしゃく》（約九十《やくきゅうじっ》センチ～百二十《ひゃくにじっ》センチ）の高《たか》さの所《ところ》にあり、仏様《ほとけさま》のお背丈《せたけ》は六尺《ろくしゃく》（約百八十《やくひゃくはちじっ》センチ）ほどで、金色《きんいろ》にキラキラと光《ひか》り輝《かがや》いていらっしゃるのです。

御手《みて》の片方《かたほう》を広《ひろ》げたようにして、もう片方《かたほう》は印《いん》を結《むす》んでいらっしゃるその姿《すがた》を、他《ほか》の人《ひと》の目《め》では拝《おが》むことができず、私《わたし》がたった一人拝見《ひとりはいけん》しているということが、ありがたいと思《おも》うものの、ひどく恐《おそ》ろしい感《かん》じがするので、簾《すだれ》の近《ちか》くまで寄《よ》って拝《おが》むこともできないでいました。

すると、仏様《ほとけさま》が、「それでは、今回《こんかい》は帰《かえ》って、後《あと》でまた迎《むか》えに来《こ》よう」とおっしゃる声《こえ》が私《わたし》の耳《みみ》にだけ響《ひび》いてきて、他《ほか》の人《ひと》の耳《みみ》には届《とど》かない――というような夢《ゆめ》を見《み》て、はっと目《め》が覚《さ》めてみると翌日《よくじつ》の十四日《じゅうよっか》だったのです。私《わたし》は、ただひたすら、この夢《ゆめ》ばかりを後《のち》の世《よ》の頼《たの》みとして信《しん》じていたのでした。


❖さすがに命《いのち》は憂《う》きにも絶《た》えず長《なが》らふめれど、「後《のち》の世《よ》も思《おも》ふにかなはずぞあらむかし」とぞうしろめたきに、頼《たの》むこと一《ひと》つぞありける。

天喜《てんぎ》三年十月十三日《さんねんかみなづきとをかあまりみか》の夜《よ》の夢《ゆめ》に、居《ゐ》たる所《ところ》の家《や》のつまの庭《には》に、阿弥陀仏《あみだぼとけ》立《た》ち

佐多芳郎『更級日記』(大佛次郎記念館蔵)

たまへり。さだかには見《み》えたまはず、霧《きり》ひとへ隔《へだ》たれるやうに透《す》きて見《み》えたまふを、せめて絶《た》え間《ま》に見《み》たてまつれば、蓮《れん》華《げ》の座《ざ》の、土《つち》を上《あ》がりたる高《たか》さ三四《さんし》尺《さく》、仏《ほとけ》の御《み》たけ六尺《ろくさく》ばかりにて、金色《こんじき》に光《ひか》り輝《かかや》きたまひて、御手《みて》、片《かた》つ方《かた》をばひろげたるやうに、いま片《かた》つ方《かた》には印《いん》を作《つく》りたまひたるを、こと人《ひと》の目《め》には見《み》つけたてまつらず、われ一人《ひとり》見《み》たてまつるに、さすがにいみじくけおそろしければ、簾《すだれ》のもと近《ちか》くよりてもえ見《み》たてまつらねば、仏《ほとけ》、「さは、このたびは帰《かへ》りて、後《のち》に迎《むか》へに来《こ》む」とのたまふ声《こゑ》、わが耳《みみ》一《ひと》つに聞《き》こえて、人《ひと》はえ聞《き》きつけずと見《み》るに、

うちおどろきたれば、十四日《とをかあまりよか》なり。この夢《ゆめ》ばかりぞ後《のち》の頼《たの》みとしける。

✻これは、『更級日記』に出てくる最後の夢。それは阿弥陀仏様《あみだぼとけ》が迎えに来てくれる、という夢でした。一〇五五年、夫が亡くなる三年前で彼女が四十八歳の時のことです。阿弥陀仏様は夢のなかで蓮華の台座の上に立っていました。「片方は広げたようにして、もう片方は印《いん》を結ぶ」とありますが、これを「印相《いんぞう》」といって、仏様などの指の曲げ方や手の位置を指します。よく仏像などで指が「OK」の形になっていたり、片手だけを上げたりしてますね。これが「印相《いんぞう》」です。阿弥陀仏様《あみだぼとけ》は、極楽浄土に連れて行ってくれる仏様（コラム参照）。キラキラ光る仏様は、また来るからね、と言って去りました。

★世《よ》も末《すえ》になる危機《きき》――末法思想《まっぽうしそう》――

この時期、末法思想という考え方が広まっていました。「末法」というのは、仏様の教えが衰退《すいたい》してしまうという、とんでもなく大変な時期。それが一万年続くと考えられていました。

日本では、一〇五二年（永承《えいしょう》七年）から末法に入るということで、危機感が溢《あふ》れていました。この思想は、王朝人に強く浸透《しんとう》していたのです。そして、それを救うための「浄土教《じょうどきょう》」が広まっていったのでした。浄土教は、簡単にいうと、念仏など（ナムアミダブツ）を一生懸命《いっしょうけんめい》唱えれば、西方極楽浄土《さいほうごくらくじょうど》に往生《おうじょう》できるという宗教です。また、極楽浄土にいる阿弥陀如来《あみだにょらい》様が迎えに来てくれて、無事、極楽往生できる（阿弥陀来迎《あみだらいごう》）という教えは、当時、皆が信じていたものでした。だから、「阿弥陀来迎図」などのさまざまな美術作品が残っているのです。ここに出てくる夢は、その、阿弥陀様が浄土から迎えに来る「阿弥陀来迎」を意味しています。

ところで、孝標《たかすえ》の娘ゆかりの藤原頼通《よりみち》（祐子《ゆうし》の母の養父、つまり祖父にあたる人）は、浄土を「この世」に造ったことで有名。この作品のなかに出てきた時はまだお寺ではありませんでしたが（六四段―②）、末法の年（一〇五二年）に平等院《びょうどういん》になり、翌年には鳳凰堂《ほうおうどう》が落成します。あの、美しい鳳凰堂は、極楽浄土《ごくらくじょうど》の姿をこの世に造ったものなのです。

ちなみに、私たちは毎日「この世の浄土」を握りしめています。平等院鳳凰堂は、なんと十円玉のデザインなのです。一〇五二年から一万年続く末法。現在も末法は継続期間中。

◈一人《ひとり》ぼっちの私《わたし》と姨捨山《おばすてやま》の月《つき》〈八〇段〉

甥《おい》たちなどは同《おな》じ家《いえ》で朝夕顔《あさゆうかお》を合《あ》わせていたのですが、夫《おっと》の死《し》といった、ひどく悲《かな》しいでき事《ごと》の後《あと》は、それぞればらばらに住《す》むようになったりして、人《ひと》と顔《かお》を合《あ》わせることがめったにない状態《じょうたい》になっていました。それなのに、真《ま》っ暗《くら》な晩《ばん》、兄弟《きょうだい》のなかで六番目《ろくばんめ》に当《あ》たる甥《おい》が訪《たず》ねて来《き》たのです。珍《めずら》しいこと、と思《おも》って、

「月《つき》も出《で》ず、真《ま》っ暗《くら》な闇《やみ》に閉《と》ざされている姨捨山《おばすてやま》。その山《やま》のように夫《おっと》を失《うしな》って闇《やみ》にまどい、悲《かな》しみにくれている年寄《としよ》りの私《わたし》なんかの所《ところ》に、月《つき》も出《で》ない今宵《こよい》、なぜあなたはわざわざ訪《たず》ねて来《き》てくれたのでしょう」

という歌《うた》が思《おも》わず口《くち》をついて出《で》てきたのでした。

❖甥《をひ》どもなど、一《ひと》ところにて朝夕見《あさゆふみ》るに、かうあはれに悲《かな》しきことの後《のち》は、ところ

どころになりなどして、誰《たれ》も見《み》ゆることかたうあるに、いと暗《くら》い夜《よ》、六郎《ろくらう》にあたる甥《をひ》の来《き》たるに、めづらしうおぼえて、

月《つき》も出《い》でで闇《やみ》にくれたる姨捨《をばすて》になにとて今宵《こよひ》たづね来《き》つらむ

とぞ言《い》はれにける。

✼一人寂しく取り残された孝標《たかすえ》の娘。ある月のない真っ暗な晩に甥がやってきました。姨捨山は月の名所。でも、月のない真っ暗な晩に訪ねてきた甥に、姨捨山に棄《す》てられた伯母《おば》と自分を重ねて歌を詠んだのです（コラム参照）。夫を亡くし、一人ぼっちになってしまった彼女、孤独という真っ暗な闇に閉ざされた彼女の心が悲しく歌われています。なお、『更級日記』というのは、この歌から付けられたといわれています。姨捨山があった「更級郡《さらしなぐん》」（現在は千曲市《ちくまし》）は夫の最終赴任地、信濃《しなの》の国（長野県）の歌枕《うたまくら》（歌に詠まれる名所）。それが作品の名前になったことからも、夫の存在がいかに大きかったかわかりますね。

★老人《ろうじん》を棄《す》てる説話《せつわ》――姨捨山伝説《おばすてやまでんせつ》――

姨捨山は、長野県更級郡《さらしなぐん》（現在は千《ち》曲《くま》市）にある冠着《かむりき》山の別名です。古くから月の名所、姨捨山伝説で有名。姨捨山伝説はだいたい次のようなお話。

――年老いた伯母《おば》と親子のように暮らしていた男がいました。男は結婚をしたのですが、妻がこの年老いた伯母をいやがって憎みます。妻は夫に伯母を深い山に棄《す》てて来るよう、命令しました。夫は妻の言葉に従って伯母を山に一旦《いったん》は棄てました。親代わりの伯母を棄てたことで男は家に戻ってからも嘆き続けます。ちょうどその時、月が明るく輝き、男は、その月の光に恥じ

姨捨山《おばすてやま》

て、伯母を連れ戻しに行ったのでした。——

この時に男が詠んだ歌が、「我が心なぐさめかねつさらしなやをばすて山に照る月を見て」（自分の気持ちをなぐさめることなんかできやしない。たった今、伯母を棄てた更級の山。その山に明るく照っている月を目にすると……）です。このお話は『大和《やまと》物語』、『今昔《こんじゃく》物語集』などにも入っています。労働力とならない年寄りを山に棄てる伝説。このようなお話を「棄老《きろう》説話」といいます。社会的な弱者を葬《ほうむ》る説話が、現代社会に投げかける意味は大きいと思います。

なお、「棄老説話」を題材にした小説としては、深沢七郎《ふかさわしちろう》の名作『楢山節考《ならやまぶしこう》』があります。健康な歯を恥じて自分の歯を打ち割るおりん、自分から山に棄てられようとする老婆おりんのけなげな姿が、淡々とした筆致《ひっち》のなかに奥深い哀しみをたたえて、描かれています。

◈蓬《よもぎ》に託《たく》す号泣《ごうきゅう》〈八二段〉

年月《としつき》は流《なが》れて移《うつ》り変《か》わっていくけれど、まるで夢《ゆめ》のようだった夫《おっと》の死《し》に直面《ちょくめん》した当時《とうじ》を思《おも》い出《だ》すと、心《こころ》がかき乱《みだ》され、目《め》もくらむような気《き》がします。だから、その時《とき》のことを、再《ふたた》びはっきりとは思《おも》い出《だ》すことができないのです。

人々《ひとびと》は皆《みな》それぞれ他《ほか》の所《ところ》に離《はな》れ離《ばな》れに住《す》み、長《なが》いこと住《す》んでいた家《いえ》に私《わたし》は一人《ひとり》ぼっちで暮《く》らしています。それがあまりにも心細《こころぼそ》く悲《かな》しいものだから、いろいろなことを考《かんが》え、眠《ねむ》れないまま長《なが》いこと便《たよ》りのない人《ひと》のもとに、歌《うた》を贈《おく》りました。

「荒《あ》れ果《は》てていく庭《にわ》に生《お》い茂《しげ》っていく蓬《よもぎ》。その蓬《よもぎ》の上《うえ》に置《お》く露《つゆ》のように涙《なみだ》に濡《ぬ》れながら、誰《だれ》も訪《たず》ねてくれない寂《さび》しさに、私《わたし》はたった一人《ひとり》、声《こえ》を上《あ》げて泣《な》いてばかりいるのです」

歌《うた》を贈《おく》った相手《あいて》は、尼《あま》になっている人《ひと》でした。

「そんなふうにおっしゃいますが、あなたの方《ほう》はまだまだ世間一般《せけんいっぱん》のお住《す》まいの蓬《よもぎ》です。どうか私《わたし》の住《す》まいを思《おも》いやって下《くだ》さいな。すっかり世《よ》を捨《す》てた私《わたし》の庭《にわ》の草《くさ》むらが、どんなにひどいことになっているかを……」

❖年月《としつき》は過《す》ぎ変《か》はりゆけど、夢《ゆめ》のやうなりしほどを思《おも》ひ出《い》づれば、心地《ここち》もまどひ、目《め》もかきくらすやうなれば、そのほどのことは、またさだかにもおぼえず。人々《ひとびと》はみなほかに住《す》みあかれて、ふるさとに一人《ひとり》、いみじう心《こころ》ぼそく悲《かな》しくて、ながめ明《あ》かしわびて、久《ひさ》しうおとづれぬ人《ひと》に、

茂《しげ》りゆく蓬《よもぎ》が露《つゆ》にそほちつつ人《ひと》に訪《と》はれぬ音《ね》をのみぞ泣《な》く

尼《あま》なる人《ひと》なり。

世《よ》の常《つね》の宿《やど》の蓬《よもぎ》を思《おも》ひやれそむきはてたる庭《には》の草《くさ》むら

✽一人ぼっちになった彼女ですが、蓬《よもぎ》に託して自分のわびしい生活を詠み、尼に贈ります。蓬が生い茂っている家は、当時、人がいないで荒れている、というイメージがありました。

尼の方の歌はちょっときつい返歌――あなたの方はいくら荒れたと言っても世の常の宿の蓬。自分の方は世を捨てているので、もっと荒れ放題――となっています。尼というのは、出家して仏門に入っている女性。もしかすると、孝標《たかすえ》の娘（五十二歳）は、この尼に出家をすすめて欲しかったのかもしれませんね。

この後、彼女は出家もせず、どうしたのでしょうか。完全に夫の死で抜《ぬ》け殻《がら》のようになってしまったのでしょうか、そして泣きながら、阿弥陀仏《あみだぼとけ》様を待っていただけなのでしょうか。いえいえ、そうではありません。いつものように、夢を打ち砕かれても、「絶望」という名の岩に取り囲まれても、それを越えていく強さを彼女は取り戻したのです。そう、小さいころ、あの険しい足柄山《あしがらやま》を越えた強さを……。

そして、彼女は、また長い長い旅に出かけることにしたのです。四十年の人生を「書く」という「自分探し」の旅に……。

付録

『更級日記』ワールドのご紹介
『更級日記』できごと略年表
『更級日記』旅の記マップ
『更級日記』都周辺マップ
『更級日記』国々マップ
『更級日記』人々の系図
『更級日記』キャラクター小辞典

『更級日記』ワールドのご紹介《しょうかい》

I　『更級日記』とは?

『更級《さらしな》日記』は日記文学というジャンルの作品なのです。日記文学には、『土佐《とさ》日記』、『蜻蛉《かげろう》日記』、『紫式部《むらさきしきぶ》日記』、『和泉式部《いずみしきぶ》日記』などがあります。だいたい王朝のころ花開いた作品群。

『土佐日記』は、紀貫之《きのつらゆき》が書いた作品で、土佐からの帰途の様子を書いた紀行文。後の作品は、女性が日々の流れゆく生活のなかのでき事や心情を繊細に描いたものです。ただし、これらの作品たちは、「日記」といっても、今の日々の実録日記、記録中心の日記とは違うのです。訴えたいテーマが一貫して作品の底に流れている所がポイント。もちろん、作品の材料になったのは、実際に交わされた手紙や和歌です。それをもとにしながら、テーマに沿って作品を綴《つづ》っていったのでした。だから物語のような作り話ではないのです。

日記文学からは、現実の暮らしのなかで、喜んだり悲しんだりする「ナマの気持ち」が切々と伝わってきます。色がない世界に放り出されたような悲しさ、太陽が照っているような喜び、世界が消えてしまったような絶望……。こういった心の動きが、まるでそこだけスポットライトを浴びたように、美しく輝いているのです。

特にこの『更級日記《さらしな》』は、平凡な女性が、自分をジッとみつめている所が、作品の奥深さとなっています。四十年の人生を思い起こしながら綴《つづ》った「自分探しの旅」。物語のようなドラマチックな人生ではなかったけれど、瞬間瞬間の心の姿——うれしかったり、がっかりしたり、迷ったりする気持ち——が海のさざ波のように、いろいろな色できらめいています。普通の人生を送った女性の一生。でも、彼女だけの心のかけらが、宝石のように光っているのです。

そう、誰もが自分の人生のなかでは、自分が主人公……。

II　作者はどんな人？

『更級日記』の作者は、菅原孝標《すがわらのたかすえ》の娘という女性。この当時は、女性に名前がないののです。

が普通。だから、父親の名前や子どもの名前が付けられていたのですね。たとえば、名作『蜻蛉日記《かげろう》』の作者は、子どもが「藤原道綱《みちつな》」という名前なので、藤原道綱母《みちつなのはは》なのです。

この孝標《たかすえ》の娘の父、菅原孝標《すがわらのたかすえ》は、なんとあの受験の神様・学問の神様、菅原道真《すがわらのみちざね》の五代目。父の孝標は、国司《こくし》（地方官）で、うだつが上がらないけれど、血筋はいいのですね。また、母親は、さきほど出てきた『蜻蛉日記』の作者、藤原道綱母の妹（異《い》母妹《ぼまい》）。ということは、孝標の娘にとって、『蜻蛉日記』の作者は、伯母《おば》さんにあたるのです。このように彼女は、両親から学問や文学の恵まれた血を、たっぷりと受け継いでいたのでした。

さて、彼女が生まれた年は一〇〇八年。藤原道長《みちなが》の娘、彰子《しょうし》に敦成親王《あつひらしんのう》（親王は天皇の子ども）が生まれた年。ちょうど、藤原道長の力が絶好調の時期です。ちなみに、この彰子に仕えていたのが、紫式部です。あの孝標の娘が大好きだった『源氏物語《げんじ》』の作者。そして、孝標の娘が成長した時期は、その後の時期、藤原頼通《よりみち》（道長の子ども）の時代にあたっています。だから、『更級日記』は、早い時期に書かれた『源氏物語』の読者レビューともいえるのですね。

なお、確証はありませんが、孝標の娘は『夜半《よわ》の寝覚《ねざ》め』、『浜松中納言《はままつちゅうなごん》物語』などの物語を書いた、といわれています。そのなかで、この『浜松中納言物語』は特に有名。なんと、あの三島由紀夫の最後の長編小説、『春の雪』からはじまる「豊饒《ほうじょう》の海」四部作（『春の雪』、『奔馬《ほんば》』、『暁《あかつき》の寺』、『天人五衰《てんにんごすい》』）のもとになった作品なのです。

III　なぜ『更級日記』という名前なの？

『更級《さらしな》日記』の「さらしな」という発音で、お蕎麦《そば》屋さんを思い浮かべた人は正解。なぜなら、『更級日記』の「更級」は長野県更級郡《さらしなぐん》（現在は千曲《ちくま》市）から付けられたものだからです。信州（長野県）は、お蕎麦で有名ですよね（「更科」とも）。

それはさておき、この書名は、作品のなかの「月《つき》も出《い》でで闇《やみ》にくれたる姨捨《をばすて》になにとて今宵《こよひ》たづね来《き》つらむ」という歌から付けられました。信濃《しなの》の国（長野県）、更級郡にある姨捨山が詠み込まれている悲しい歌（八〇段のコラム参照、二〇三頁）。信濃の国は、亡き夫の最終赴任《ふにん》地。それで『更級日記』という書名が付けられた、といわれています。夫を偲《しの》ぶ気持ちが作品の名前になったのですね。

IV 『更級日記』はどんな内容なの？

『更級日記』は原稿用紙百枚にも満たないかわいい作品。でも、読み応えは十分。短篇とも思えないほどズシンときます。それは、とてもカッチリした美しい構成で、できあがっているからなのです。一人の人生なのに、まるでオムニバス映画のよう……。
では、その全体を簡単にまとめておきましょう。

第一章　旅の記（一〜一三段）……十三歳
第二章　都での生活（一四段〜四八段）……十三歳〜三十一歳ごろ
第三章　宮仕《みやづか》えから結婚へ（四九段〜六二段）……三十二歳ごろ〜三十七歳
第四章　物詣《ものもう》での記（六三段〜七四段）……三十八歳〜四十七歳ごろ
第五章　晩年（七五段〜八二段）……四十八歳ごろ〜五十二歳ごろ

第一章は、上総《かずさ》の国（千葉県中央部）から都（京都）までの旅行記。
孝標《たかすえ》の娘は、十歳ごろから、父親の任地、上総の国にいました。そこで、物語のあれこれを姉や継母《ままはは》から聞いて、都にある物語を読みたくてたまらなくなります。念願叶《かな》って、上総の国から都に出発することになりました。不思議な伝説を聞いて感激したこと、また、旅ならではのハラハラ・ドキドキの体験、そして、いろいろな人との出会いと別れが大ツアーの中で生き生きと描かれています。

第二章は、都に出て来てからのエピソード。ここは、主に物語熱中状態が描かれています。そのため、仏やアマテラス、そして夢に対しては不信心モードを貫徹《かんてつ》。でも、都の生活は物語を読んでいるような楽しいことばかりではありませんでした。物語を教えてくれた継母《ままはは》とのお別れ、乳母《めのと》、かわいい猫、そして仲良しの姉が亡くなったこと、また父の単身赴任による別離など、悲しくつらいこともたくさんありました。こんな都での悲喜こもごもの生活のなかで、彼女もだんだんと少女から大人に成長していくのです。

そして、なんといっても、このなかで一番重いのは、第三章。彼女の「人生の転機」がヒシヒシと伝わってくる部分です。

単身赴任から戻った父は、引退してしまい、母親の方は出家してしまいました。彼女は、亡くなった姉の子どもたちの面倒や家のことをすっかり任されて、主婦として、家のためにかいがいしく働いています。そんな時に宮仕えの話が持ち上がったのでした。華やかな宮仕え。親はしぶしぶでしたが、ようやく外の世界に出して貰《もら》えたのです。

ところが、一転して、彼女は親が決めた結婚で、現実という沼に否応なく引きずりこまれてしまいました。この夢と現実の間で、迷って、苦しんでいる姿。この彼女の姿は、痛ましいほど、けなげです。

それなのに、なんということでしょう。夢をあきらめたとたんに、物語に出てくるようなすてきな男性、資通《すけみち》と遭遇《そうぐう》。二人はあっさり別れてしまいましたが、ずっと結婚しないでフルタイムの宮仕えを続けていたら、資通のような、麗《うるわ》しい男性と結ばれたかもしれないのに……。現実とは残酷なもの。資通がダンディに描かれていればいるほど、彼女の見果てぬ夢がこぼれ落ちているようです。

さてさて、中年期になると心機《しんき》一転《いってん》。それが第四章。今までのことを反省し、グッと現実に身を寄せていきます。家族を思い、現実に目覚めて物詣《ものもう》でに飛び回りました。今まで不信心モードだった態度も激変し、プラス志向に変貌《へんぼう》。仏様などを信じるようになってきます。

何だか、ここまでお話しするだけでも、短い作品なのに、ギュッとエッセンスが詰まっているような感じがしますね。物語に憧《あこが》れながらも現実に裏切られていく孝標《たかすえ》の娘。でも、現実に負けず、絶え間なく彼女は自分の居場所を求め続けていきます。このひたむきな姿勢――自分を探し続ける力――が作品の大きな魅力となっているのです。

最後の第五章。そこでは、彼女を襲《おそ》った夫の死という悪夢のようなでき事が描かれます。彼女の老年を暗闇《くらやみ》にしてしまったこの悲しみ。阿弥陀仏《あみだぼとけ》様の来迎《らいごう》を頼りにしているものの、彼女は、人生の晩年に、絶望と悲嘆がぶつかって渦巻いている海、果てしなく続く悲しみという涙の海に、おぼれそうになりました。でも、彼女は、真っ暗な海のなかから、また、浮かび上がってきたのです。なぜなら、「自分を探し続ける」勇気が彼女には残っていたから……。平凡な人生でもいい、迷いの多い人生でもいい、笑いも涙もキラキラ光っている、ただ一回きりの人生を「書く」という勇気が……。

ところで、二十一世紀になってもう数年が過ぎましたね。この『更級日記《さらしな》』の作者、孝標《たかすえ》の娘が生まれたのは、一〇〇八年。ということは、二〇〇八年でなんと生誕一〇〇〇年です。

一〇〇〇年前に生まれた人が書いた作品。それが、今まで長い長い間、いろいろな人々に読み継がれ、心から心へと伝えられてきたことは、とってもすばらしいことだと思いませんか？

これからもこの宝石箱のような作品が、見捨てられずに読み続けられる「世の中」でありますように……。

V　『更級日記』関連情報

★漫画
○『NHKまんがで読む古典2　更級日記・蜻蛉日記』
（羽崎やすみ著、ホーム社、二〇〇六）
※NHKで放映されたものをもとに漫画化したもの。最後までは描かれていませんが、『更級日記』のサラちゃんが、かわいい主人公。
○『くもんのまんが古典文学館　更級日記』
（平田喜信監修、晃月秋実著、くもん出版、一九九三）
※子ども向けながら、比較的原文に忠実。
○『コミグラフィック日本の古典〈普及版〉更級日記』
（辻真先構成、矢代まさこ著、暁教育図書、一九八四）

※このシリーズには漫画の神様、手塚治虫の「古典はいうまでもなく、人類のすぐれた遺産であり、私たちのだれでもが一度は手にしておきたいものの一つです」という「すいせんのことば」が付いています。

★現代語訳、翻案

○犬養廉『現代語訳　蜻蛉日記・更級日記』（学燈社、二〇〇六）
○森山京『21世紀によむ日本の古典4　土佐日記・更級日記』（ポプラ社、二〇〇一）
○阿部光子『わたしの古典　阿部光子の更級日記・堤中納言物語』（集英社文庫、集英社、一九九六）
○『新装版　日本古典文庫8　土佐日記・和泉式部日記・蜻蛉日記・更級日記』（河出書房新社、一九八八、『更級日記』の訳は井上靖）
○竹西寛子『現代語訳　日本の古典7　土佐日記・更級日記』（学習研究社、一九八一）

★注釈書
○原岡文子『更級日記　現代語訳付き』
（角川ソフィア文庫、角川書店、二〇〇三）
○犬養廉『更級日記』（新編日本古典文学全集26、小学館、一九九四）
○吉岡曠『更級日記』（新日本古典文学大系24、岩波書店、一九八九）
○秋山虔『更級日記』（新潮日本古典集成、新潮社、一九八〇）
○関根慶子『更級日記　上下』（講談社学術文庫、講談社、一九七七）

★その他
○竹西寛子・西村亨『ビジュアル版　日本の古典に親しむ⑩　蜻蛉日記と王朝日記〈更級日記・和泉式部日記・土佐日記〉』（世界文化社、二〇〇六）
○杉本苑子『古典を歩く5　「更級日記」を旅しよう』
（講談社文庫、講談社、一九九八）
○三角洋一・津島佑子『蜻蛉日記　更級日記　和泉式部日記』
（新潮古典文学アルバム6、新潮社、一九九一）
○竹西寛子『王朝文学とつき合う』（新潮選書、新潮社、一九八八）

★『更級日記』ゆかりの本たち
○堀辰雄「姨捨」（『かげろふの日記・曠野』所収、新潮文庫、新潮社、一九五五）
　※『更級日記』ゆかりの信濃の国の追分で書かれた作品。しみじみとした小説。
○栗本薫「さらしなにっき」
　（『さらしなにっき』所収、ハヤカワ文庫、早川書房、一九九四）
　※『更級日記』をもとにしたゾクゾクっとするホラーに近いＳＦ小説。
○小杉健治「蘇る古仏像」
　（『連作推理小説　犯人のいない犯罪』所収、光文社文庫、光文社、一九九九）
　※『更級日記』をもとにした恐い推理小説。
○芝田勝茂『サラシナ』（あかね書房、二〇〇一）
　※『更級日記』のなかの、とある伝説をもとにしたはかない恋愛ファンタジー。

『更級日記』できごと略年表《りゃくねんぴょう》

和暦	西暦	年齢	できごと
寛弘五年	一〇〇八	1	菅原孝標《すがわらのたかすえ》の娘、誕生。
寛仁元年	一〇一七	10	父の任地、上総《かずさ》（千葉県中央部）に下向。姉や継母《ままはは》から物語の話を聞き、憧《あこが》れを抱く。
寛仁四年	一〇二〇	13	九月三日、上総から都へ出発、十二月二日、都に到着。物語の一部を手にする。継母、家を去る。
治安元年	一〇二一	14	三月、伝染病により、乳母《めのと》、藤原行成《ゆきなり》の娘が亡くなる。おばさんから『源氏物語』すべてと様々な物語を贈られ読みふける。夢の中で僧から忠告を受けるが、物語に熱

			中。アマテラスを祈りなさい、という夢を見るものの気にとめず。
治安二年	一〇二二	15	五月、かわいい迷い猫を飼う。姉の夢の中でこの猫が、「大納言様の姫君（行成の娘）の生まれ変わり」と告白。
治安三年	一〇二三	16	火事で家が焼け、猫も焼死。転居する。
万寿元年	一〇二四	17	五月、姉が出産により、亡くなる。
万寿二年	一〇二五	18	四月末より東山に滞在。一緒に水を飲んだ恋人らしき人登場。
長元五年	一〇三二	25	父の孝標、常陸介《ひたちのすけ》（常陸は茨城県、介は地方官の次官）となって単身下向。父と「子忍びの森」の贈答。
長元六〜八年	一〇三三〜一〇三五	26〜28	清水《きよみず》寺の夢、初瀬（長《は》谷《せ》寺《でら》）の鏡に映った将来の姿の夢、気にとめず。アマテラスを祈るようにすすめられるが、これも真剣に考えない。

長元九年	一〇三六	29	父の孝標、常陸から帰京（64歳）、西山に移る。十月、都に移る。父引退、母出家。孝標の娘が一家の主婦となる。
長暦三年	一〇三九	32	冬ごろから、祐子《ゆうし》内親王家《ないしんのうけ》に宮仕え。
長久元年	一〇四〇	33	春ごろ、橘俊通《としみち》（39歳）と結婚。
長久二年	一〇四一	34	姪《めい》の出仕とともにパートタイムの宮仕えに出る。
長久三年	一〇四二	35	四月、内侍所《ないしどころ》で「博士《はかせ》の命婦《みょうぶ》」に話を聞く。十月、時雨の夜に源資通《すけみち》とロマンチックな春秋くらべ。
長久四年	一〇四三	36	八月、資通と再会するもはかなく別れる。
寛徳元年	一〇四四	37	資通が来るものの、人目が多くて会えない。資通との関係終焉《しゅうえん》。
寛徳二年	一〇四五	38	十一月、物詣でに目覚め、石山寺参籠《さんろう》。

永承元年	一〇四六	39	十月、禊《みそぎ》で騒ぐ世間に逆らって、長谷寺参籠に出発。宇《う》治《じ》で浮舟を思う。山の辺のあたりの寺に泊まり、「博士の命婦」に相談せよ、という宮中に仕えるお告げを夢で見る。長谷寺で稲荷《いなり》の杉の夢を見る。
天喜三年	一〇五五	48	十月十三日、阿弥陀来迎の夢を見る。
天喜五年	一〇五七	50	七月、夫の俊通、信濃守《しなののかみ》となる（56歳）。
康平元年	一〇五八	51	四月、俊通上京。 十月五日、俊通死去（57歳）。 十月二十三日、俊通の葬送。
康平二年	一〇五九	52	甥が訪れ、姨捨《おばすて》の歌を詠む。 尼と「蓬《よもぎ》の宿」の贈答。
康平三年	一〇六〇	53	この年以後、『更級日記』を執筆。

上野
下野
常陸
子忍びの森
姨捨山
信濃
更級
下総
秩父の山
武蔵
天中川(天龍川)
まつさと
黒戸の浜
いかだ
まの
いまたち
国府
甲斐
太井川
あすだ川(隅田川)
竹芝
にしとみ
もろこしが原
相模
足柄山
富士の山
富士川
駿河
横走の関
箱根
上総
安房
清見が関
田子の浦
遠江
伊豆
小夜の中山
大井川

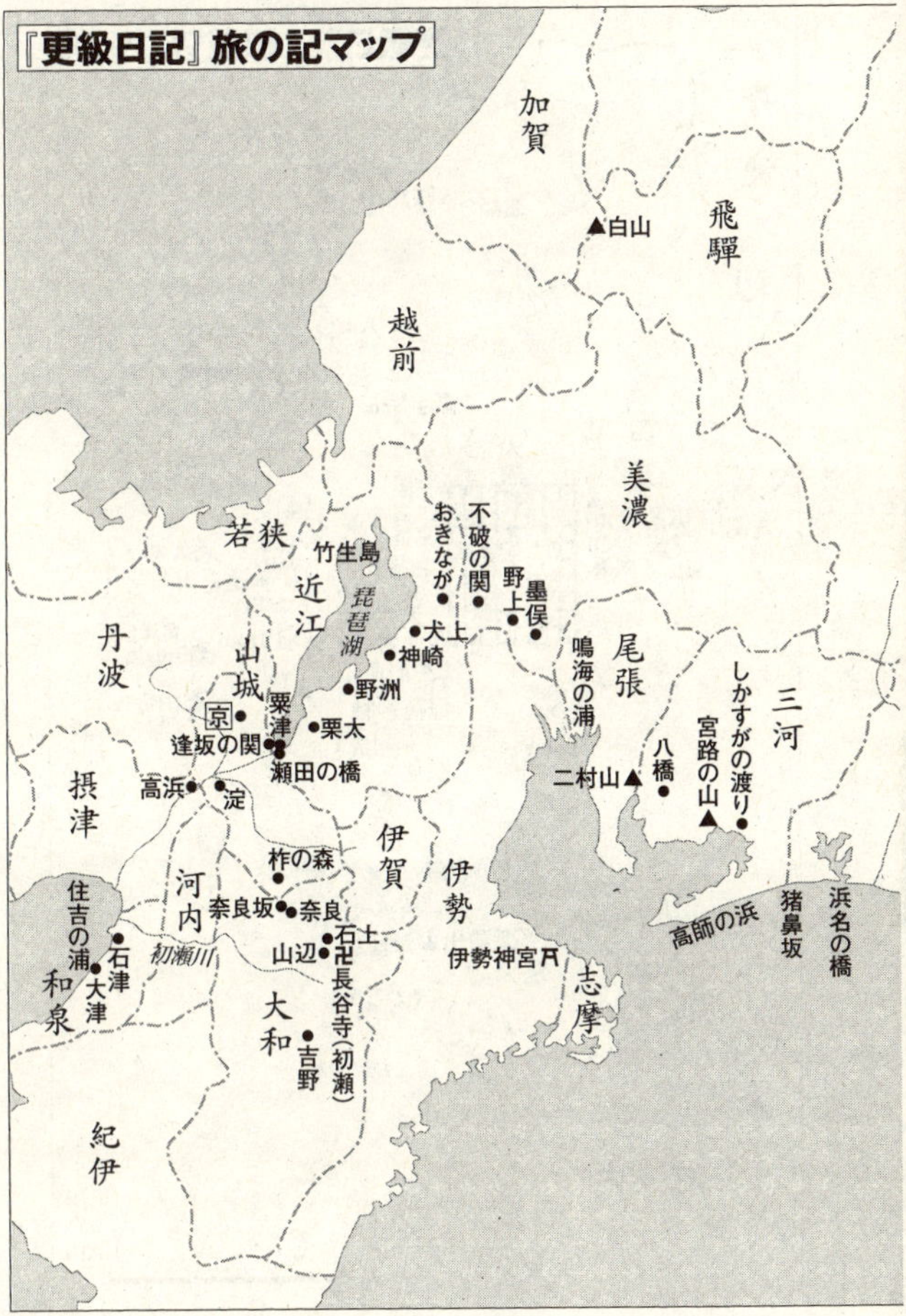

『更級日記』旅の記マップ
加賀
白山
飛驒
越前
美濃
若狭
竹生島
近江
琵琶湖
おきなが
不破の関
野上
墨俣
犬上
神崎
丹波
山城
野洲
鳴海の浦
尾張
京
粟津
粟太
逢坂の関
瀬田の橋
しかすがの渡り
宮路の山
八橋
三河
二村山
摂津
高浜
淀
伊賀
作の森
伊勢
河内
奈良坂
奈良
住吉の浦
石津
石上
山辺
長谷寺(初瀬)
初瀬川
伊勢神宮
高師の浜
猪鼻坂
浜名の橋
志摩
和泉
大津
大和
吉野
紀伊

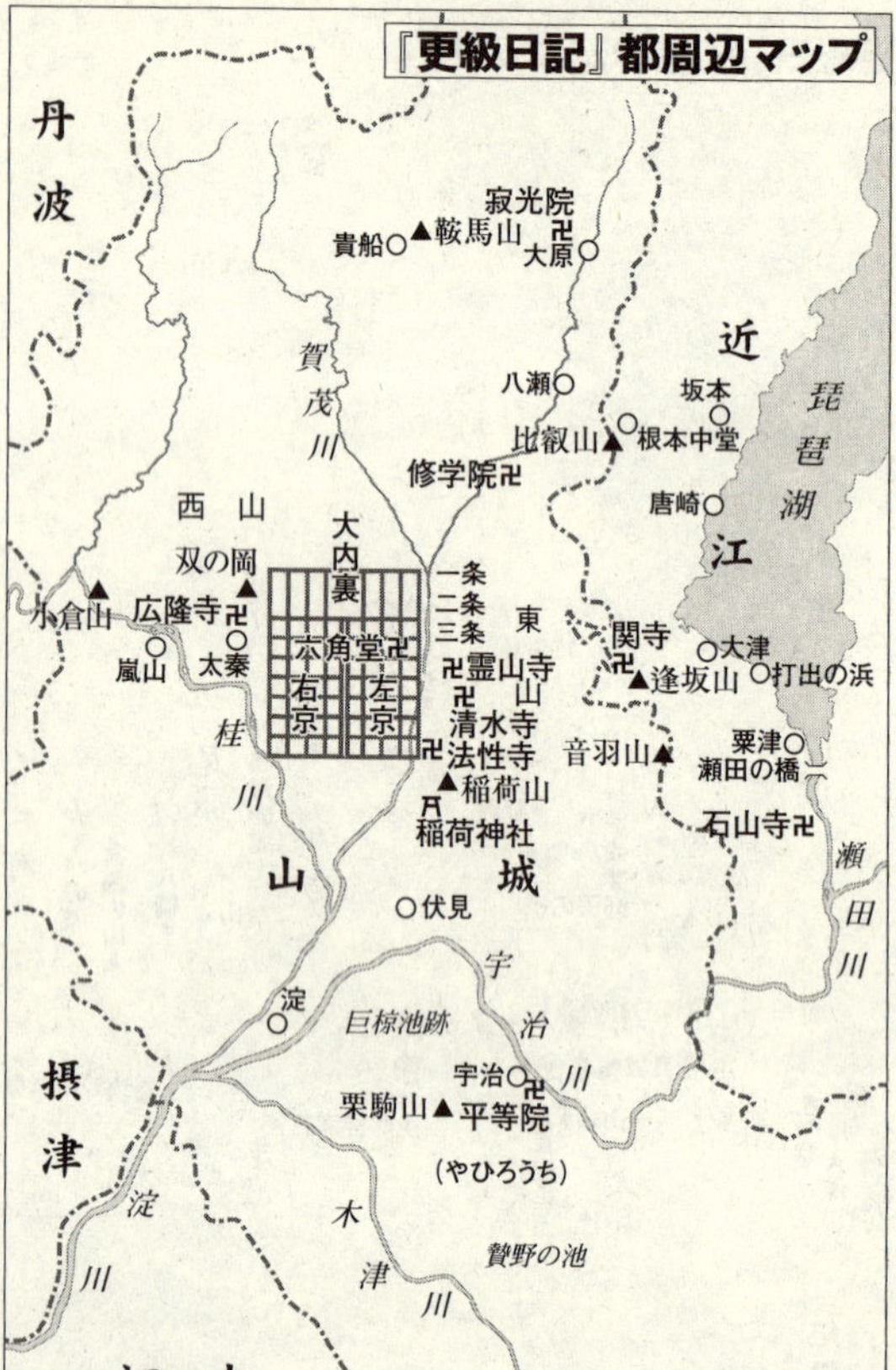
『更級日記』都周辺マップ
丹波
近江
山城
摂津
河内
寂光院
貴船
鞍馬山
大原
賀茂川
八瀬
坂本
根本中堂
比叡山
修学院
琵琶湖
唐崎
西山
双の岡
大内裏
一条
二条
三条
東
小倉山
広隆寺
太秦
嵐山
六角堂
右京
左京
関寺
大津
逢坂山
打出の浜
霊山寺
山
清水寺
法性寺
稲荷山
稲荷神社
音羽山
粟津
瀬田の橋
石山寺
桂川
瀬田川
伏見
宇治川
淀
巨椋池跡
宇治
栗駒山
平等院
(やひろうち)
淀川
木津川
贄野の池
0
10km

『更級日記』国々マップ

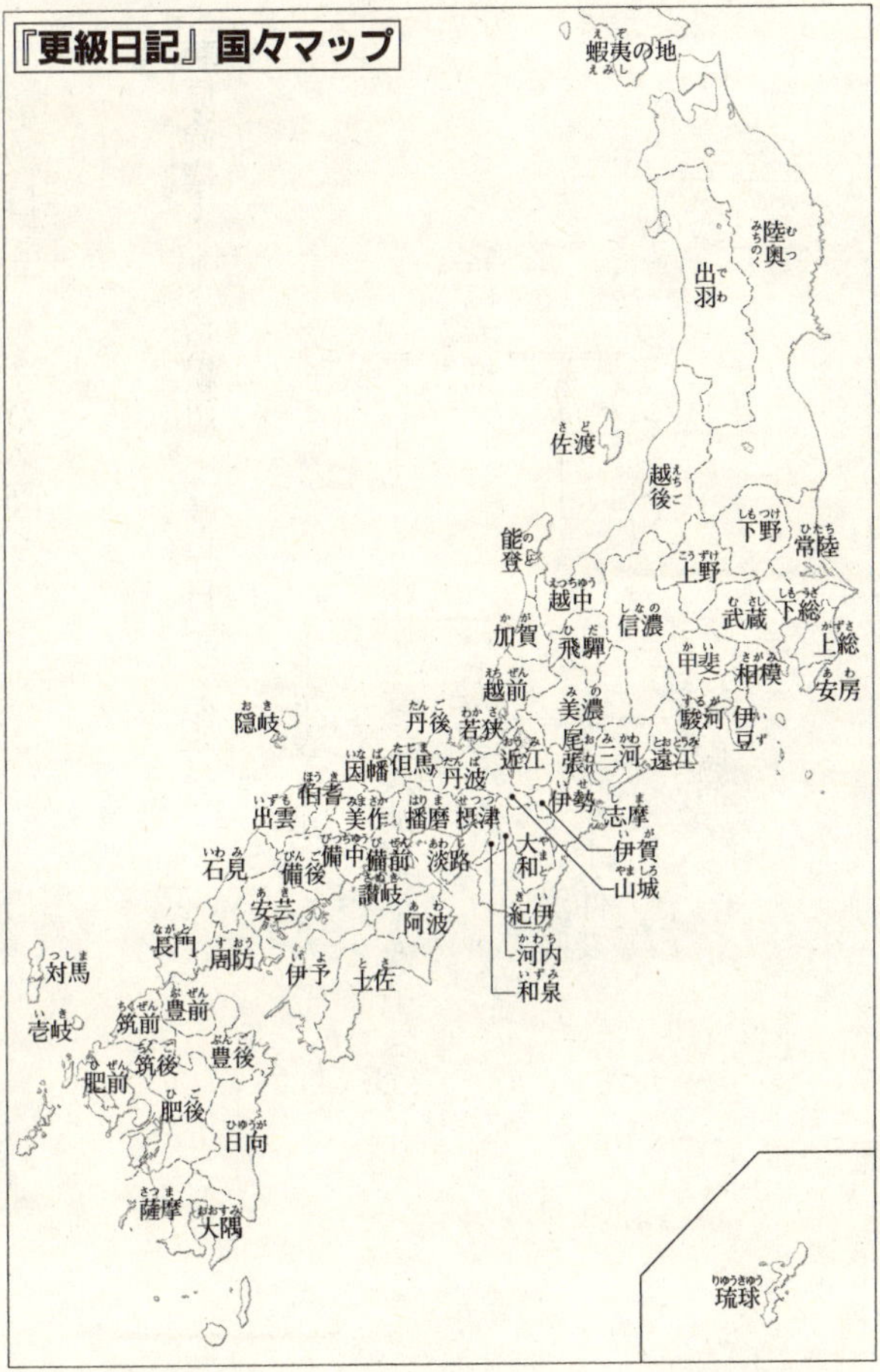

蝦夷《えぞ》《えみし》の地
陸奥《むつ》《みちのく》
出羽《でわ》
佐渡《さど》
越後《えちご》
下野《しもつけ》
常陸《ひたち》
能登《のと》
上野《こうずけ》
越中《えっちゅう》
信濃《しなの》
武蔵《むさし》
下総《しもうさ》
加賀《かが》
飛騨《ひだ》
上総《かずさ》
甲斐《かい》
相模《さがみ》
安房《あわ》
越前《えちぜん》
美濃《みの》
隠岐《おき》
丹後《たんご》
若狭《わかさ》
駿河《するが》
伊豆《いず》
尾張《おわり》
三河《みかわ》
遠江《とおとうみ》
近江《おうみ》
因幡《いなば》
但馬《たじま》
丹波《たんば》
伯耆《ほうき》
伊勢《いせ》
志摩《しま》
出雲《いずも》
美作《みまさか》
播磨《はりま》
摂津《せっつ》
大和《やまと》
伊賀《いが》
山城《やましろ》
石見《いわみ》
備後《びんご》
備中《びっちゅう》
備前《びぜん》
淡路《あわじ》
安芸《あき》
讃岐《さぬき》
紀伊《きい》
阿波《あわ》
長門《ながと》
周防《すおう》
河内《かわち》
対馬《つしま》
伊予《いよ》
土佐《とさ》
和泉《いずみ》
筑前《ちくぜん》
豊前《ぶぜん》
壱岐《いき》
筑後《ちくご》
豊後《ぶんご》
肥前《ひぜん》
肥後《ひご》
日向《ひゅうが》
薩摩《さつま》
大隅《おおすみ》
琉球《りゅうきゅう》

『更級日記』人々《ひとびと》の系図《けいず》

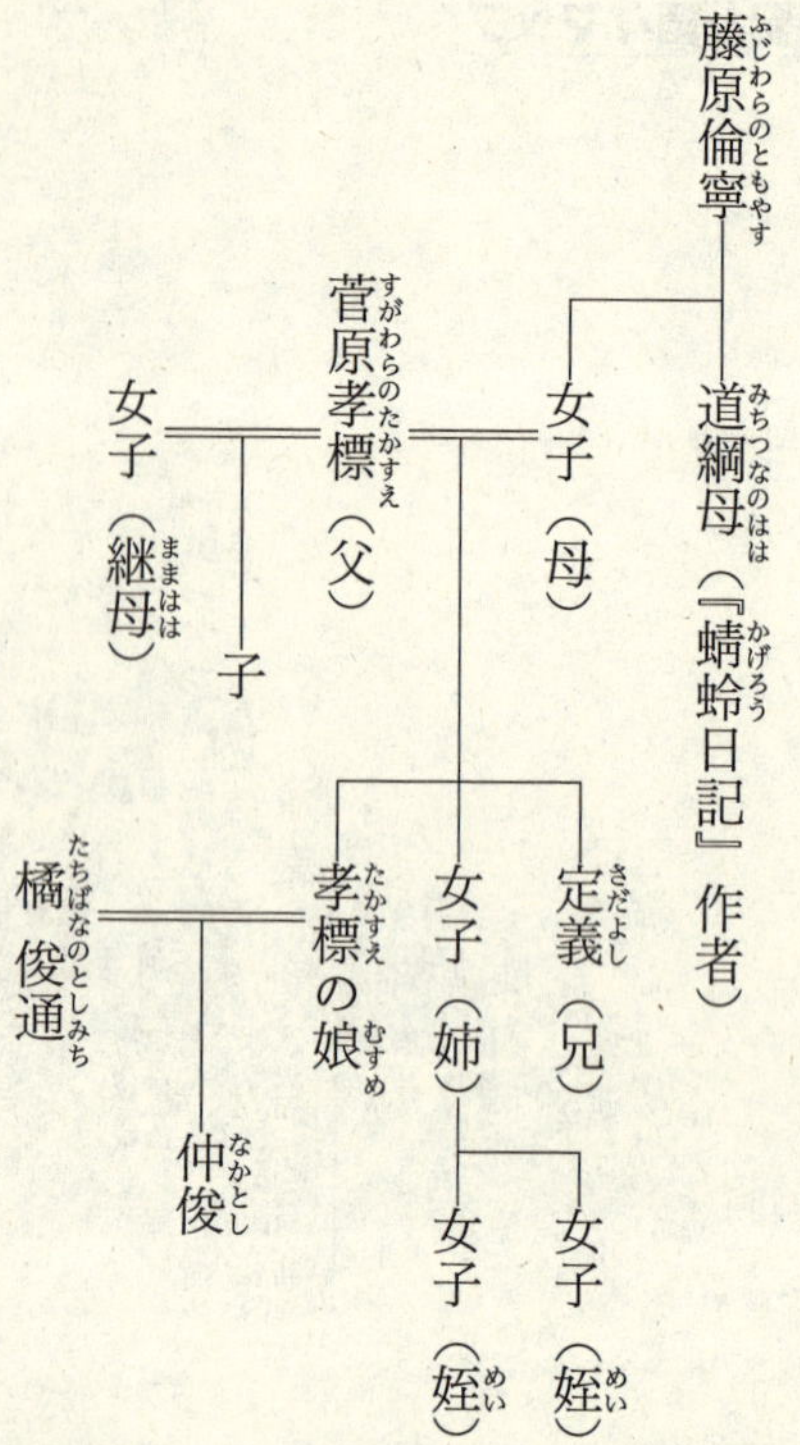

『更級日記』キャラクター小辞典《しょうじてん》

○**菅原孝標の娘**《すがわらのたかすえ》……このお話の主人公。夫の死といった悲しいでき事を乗り越え、四十年の人生を振り返った自分史『更級日記』を書きました。歌人でもあり、また、物語を書いた、ともいわれています。

○**父（菅原孝標）**……古い価値観を持っているけれど、子ども思いのやさしい父親。菅原道真《すがわらのみちざね》の五代目にあたります。

○**母**……古風で、恐がりやのところがあります。でも、孝標の娘のために、一生懸命《いっしょうけんめい》、物語を探してくれました。『蜻蛉日記《かげろう》』の作者の妹（異母妹《いぼまい》）にあたります。

○**姉**……孝標の娘に物語を教えてくれたり、また、二人で猫を飼ったりした仲良しの姉。悲しいことに孝標の娘が十七歳の時に亡くなってしまいました。

○**猫**……突如、家に入ってきた上品な猫。姉の夢のなかで「自分は侍従《じじゅう》の大納言《だいなごん》様（藤原行成《ふじわらのゆきなり》）の姫君の生まれ変わり」と告白します。孝標の娘は姉とともにこの猫をかわいがっていたのですが、かわいそうに火事で亡くなってしまいました。

○**夫**（**橘　俊通**《たちばなのとしみち》）……孝標の娘が三十三歳の時に結婚した相手。孝標の娘をやさしく見守ってくれました。信濃守《しなののかみ》（長野県の長官）になったものの、五十七歳で遠い空の彼方《かなた》に旅立ってしまいました。

○**息子**（**橘　仲俊**《たちばなのなかとし》）……孝標の娘の長男。父の俊通と一緒に信濃の国について行きました。十代で父の死というつらいでき事を体験。

○**源　資通**《みなもとのすけみち》……『更級日記』のなかで人気ナンバーワンの男性。歌も楽器も、そしてお話も上手。孝標の娘はロマンチックな時雨《しぐれ》の夜に資通と出会います。

○**継母**《ままはは》……孝標の娘に物語というすばらしい世界を教えてくれた人。孝標の娘が十三歳のころ、父と別れて去って行きました。

○乳母《めのと》……ビッグツアーの途中（「まつさと」千葉県松戸市）で出産。孝標の娘をとてもかわいがってくれました。でも、孝標の娘が十四歳の時に帰らぬ人となってしまいました。

○祐子《ゆうし》内親王《ないしんのう》……孝標の娘が仕えた先の主人。「歌合《うたあわせ》」（参加者を左右二組に分け、詠んだ歌を一首ずつ出して勝負する）なども開催しました。文芸の庇護者《ひごしゃ》。

ビギナーズ・クラシックス 日本《にほん》の古典《こてん》

更級日記《さらしなにっき》

菅原孝標女《すがわらのたかすえのむすめ》 川村裕子《かわむらゆうこ》＝編

平成19年 4月25日 初版発行
平成29年 10月15日 10版発行

発行者●郡司 聡

発行●株式会社KADOKAWA
〒102-8177 東京都千代田区富士見2-13-3
電話 03-3238-8521（カスタマーサポート）
http://www.kadokawa.co.jp/

角川文庫 14659

印刷所●旭印刷株式会社 製本所●本間製本株式会社

表紙画●和田三造

ISBN978-4-04-357416-2 C0195

角川文庫発刊に際して

角川源義

第二次世界大戦の敗北は、軍事力の敗北であった以上に、私たちの若い文化力の敗退であった。私たちの文化が戦争に対して如何に無力であり、単なるあだ花に過ぎなかったかを、私たちは身を以て体験し痛感した。西洋近代文化の摂取にとって、明治以後八十年の歳月は決して短かすぎたとは言えない。にもかかわらず、近代文化の伝統を確立し、自由な批判と柔軟な良識に富む文化層として自らを形成することに私たちは失敗して来た。そしてこれは、各層への文化の普及滲透を任務とする出版人の責任でもあった。

一九四五年以来、私たちは再び振出しに戻り、第一歩から踏み出すことを余儀なくされた。これは大きな不幸ではあるが、反面、これまでの混沌・未熟・歪曲の中にあった我が国の文化に秩序と確たる基礎を齎らすためには絶好の機会でもある。角川書店は、このような祖国の文化的危機にあたり、微力をも顧みず再建の礎石たるべき抱負と決意とをもって出発したが、ここに創立以来の念願を果すべく角川文庫を発刊する。これまで刊行されたあらゆる全集叢書文庫類の長所と短所とを検討し、古今東西の不朽の典籍を、良心的編集のもとに、廉価に、そして書架にふさわしい美本として、多くのひとびとに提供しようとする。しかし私たちは徒らに百科全書的な知識のジレッタントを作ることを目的とせず、あくまで祖国の文化に秩序と再建への道を示し、この文庫を角川書店の栄ある事業として、今後永久に継続発展せしめ、学芸と教養との殿堂として大成せんことを期したい。多くの読書子の愛情ある忠言と支持とによって、この希望と抱負とを完遂せしめられんことを願う。

一九四九年五月三日

角川ソフィア文庫ベストセラー

更級日記 現代語訳付き
菅原孝標女
原岡文子訳注

十三歳から四十年に及ぶ日記。東国からの上京、物語に読みふけった少女時代、夫との死別、などついに憧れを手にできなかった一生の回想録。

和泉式部日記 現代語訳付き
和泉式部
近藤みゆき訳注

為尊親王追慕に明け暮れる和泉式部へ、弟の敦道親王から便りが届き、新たな恋が始まった。百四十首あまりの歌とともに綴られる恋の日々。

新版 蜻蛉日記Ⅰ・Ⅱ 現代語訳付き
右大将道綱母
川村裕子訳注

美貌と歌才に恵まれ権門の夫をもちながら、蜻蛉のようにはかない身の上を嘆く二十一年間の内省的日記。難解とされる作品がこなれた訳で身近に。

新版 古事記 現代語訳付き
中村啓信訳注

八世紀初め、大和朝廷が編集した、文学性に富んだ天皇家の系譜と王権の由来書。訓読文・現代語訳・漢文体本文の完全版。語句・歌謡索引付き。

新版 古今和歌集 現代語訳付き
高田祐彦訳注

日本人の美意識を決定づけた最初の勅撰和歌集の約千百首に、訳と詳細な注を付け、原文と訳・注が見開きでみられるようにした文庫版の最高峰。

新古今和歌集（上）（下）
久保田淳訳注

勅撰集の中でも、最も優美で繊細な歌集。秀抜な着想とことばの流麗な響きでつむぎ出された名歌の宝庫。最新の研究成果を取り入れた決定版。

風姿花伝・三道 現代語訳付き
世阿弥
竹本幹夫訳注

能を演じる・能を作るの二つの側面から、美の本質と幽玄能の構造に迫る能楽論。原文と脚注、現代語訳と部分部分の解説で詳しく読み解く一冊。